U0866056

1949 年 7 月 15 日

工人出版社创立

首任社长——赵树理

谨以此书

致敬所有工会出版事业的前辈

纪念中国工人出版社成立 70 周年

赵树理

手稿

中国工人出版社

赵树理（1906-1970 年）

中国著名现代小说家，山药蛋派文学创始人，是“一位具有新颖独创的大众风格的人民艺术家”。其作品以新鲜朴素的民族形式、生动活泼的群众语言、清新浓郁的乡土气息深受广大读者喜爱，代表作有《小二黑结婚》《李有才板话》等。

赵树理与工人出版社（后更名为中国工人出版社）有着深厚的缘分。1949 年 7 月 15 日，工人出版社成立时，赵树理被举荐为第一任社长，为工会出版事业的扬帆起航注入了鲜活又朴素的大众气息。

本书收录的《老定额》《套不住的手》《卖烟叶》三部手稿作品是目前现存仅有的赵树理手稿，也是国内首次出版，具有较高的收藏价值。

《赵树理手稿》编辑说明

《赵树理手稿》分为手稿卷和出版卷。其中，手稿卷收录了赵树理的《老定额》《套不住的手》《卖烟叶》三部手稿作品；出版卷呈现的是《卖烟叶》最终出版的版本。因在对《卖烟叶》手稿进行辑录时，发现其手稿内容与最终出版的版本大相径庭，又颇能体现作者在写作时的思路历程，同时也凸显手稿的珍贵价值，故进行如此处理。

因其手稿中有大量繁体字，且为书写文字，故在辑录过程中难免有错辨及遗漏之处。

编者从保持手稿的原创价值及文献意义的角度出发，尽量完整地呈现手稿文字的原貌，除明显错漏处，不作更改，说明如下：

一、录入排版时，将手稿中的书写繁体字改为了简体字。

二、对手稿中明显的错字进行改正，以“（ ）”在错字后标出；将明显的漏字加上，以“[ ]”标出。在手稿卷部分，所有由编者改正之处，皆以与正文不同的变体字处理，以示与手稿中自带括号的正文内容区别。

本书手稿由中国现代文学馆提供，在此表示感谢。

目录

手稿卷

出版卷

手稿卷

老定额

套不住的手

卖烟叶

老定额

1959

第 1 頁　一号長通栏　分15行

“老定額”　趙樹理

和我接近的同志們常勸我在寫人物的時候少給人物起外号。我自己也覺着外号太多了不好，準備接受同志們的意見，只是這一次還想寫一個有外号的人物，好在只用一個，对其他人物一律遵照同志們的忠告。

這個人姓林名忠，在抗日戰爭中當過民兵中隊長，合作化時期是星火農業社的主任，一九五八年星火社併入李家河人民公社成為「星火大隊」他仍被選為大隊長。他原来沒有什么外号，在當民兵中隊長時期，雖然也有人把他叫做「豹子頭林冲」，不過那只是臨時湊趣，因為當時人們常把指導員李吉奎叫做「黑旋風李逵」，既有了「李逵」就順便又湊出個水滸傳上的人名字来，都取其与真名字的声音相近，並非什么性格相同。要說這些人當時的性格，連他們的隊員在內，都有些「神行太保」加「鼓上蚤」的風度——黑夜出發到四五十里外破壞敵人的鐵路，不到天明还可以趕回家来睡覺。

鼓

林忠的外号叫「老定額」。這個外号的歷史很短，在一九五五年才開始形成。這個外号，也可以說是批評，也可以說是稱讚——原来是批評他的人送他的。合作化時期有些社員按定額計算工分，的確有鼓勵生產積極性的作

25×20=500　字数 270~275　270　3315

老定额

和我接近的同志们常劝我在写人物的时候少给人物起外号。我自己也觉着外号太多了不好，准备接受同志们的意见，只是这一次还想写一个有外号的人物，好在只用一个，对其他人物一律遵照同志们的忠告。

这个人姓林名忠，在抗日战争中当过民兵中队长，合作化时期是星火农业社的主任。一九五八年星火社并入李家河人民公社成为“星光大队”[，]他仍被选为大队长。他原来没有什么外号，在当民兵中队长时期，虽然也有人把他叫做（作）“豹子头林冲”，不过那只是临时凑趣，因为当时人们常把指导员李占奎叫做（作）“黑旋风李逵”，既有了“李逵”，就顺便又凑出个水浒传上的人物名字来，都取其与真名字的声音相近，并非什么性格相同。要说这些人当时的性格，连他们的队员在内，都有点“神行太保”加“鼓上蚤”的风度——黑夜出发到四十里外破坏了敌人的铁路，不到天明还可以赶回家来睡觉。

林忠的外号叫“老定额”。这个外号的历史很短，在一九五五年才开始形成。这个外号，也可以说是批评，也可以说是称赞——原来是批评他的人送他的。合作化后期有些活儿按定额计算工分，的确有鼓励生产积极性的作

第 2 頁

用。例如林忠的媽媽早在二十多年前就不到鍋灶边去了，初行定額制這一年又重新做起飯来，讓兒子、媳婦、孫孫、孫媳婦一同下地。這一年光林忠一家子就做了一千多個劳動日。可是什么事情也不应該講究得過了分。林忠对於定額就有些講究得太細了。例如鋤頭遍穀子（间苗），苗的稠、稀、高、低，在消耗劳力上確實差别很大，不過你要每塊、每天都定一次額那就不会有一畝相同的。林忠就好在這類事情上窮講究。有人說他是因為自己家里的劳力多，怕吃了虧，他不承認。他說：「定額是管理生產的大関，一定得把守好！」這話有好多人贊成，可是反对的也不比贊成的少。反对的人說：「把住了大関是叫人過関過得舒服、不操持，不是叫你越把越嚕嗦、越叫人走得不痛快。」林忠不接受這種意見，仍然把大部分精力消耗在隨時修改定額上，因此提意見的人就把他叫做「老定額」。

#7

今年（一九五九）六月十二日吃過早飯，林忠正在大隊部（原来高級社的办公室）赶製一張割麦的定額表，党支書李占奎来找他。「忠哥！今天前晌还是先割白楊窪的豐產麦吧！」「昨

25×20＝500

用。例如林忠的妈妈在二十多年前就不到锅灶边去了，初行定额制这一年又重新做起饭来，让儿子、媳妇、孙孙、孙媳妇一同下地。这一年光林忠一家子就做了一千多个劳动日。可是什么事情也不应该讲究得过了分。林忠对核定额就有些讲究得太细了。例如锄头遍谷子（间苗），苗的稠、稀、高、低，在消耗劳力上确实差别很大，不过你要每块、每天都定一次额那就不会有一亩相同的。林忠就好在这类事情上穷讲究。有人说他是因为自己家里的劳力多，怕吃了亏，他不承认。他说："定额是管理生产的大关，一定得把守好！"这话有好多人赞成，可是反对的也不比赞成的少。反对的人说："把住了大关是叫人过关过得舒服、不拥挤，不是叫你越把越噜（啰）嗦、越叫人走得不痛快。"林忠不接受这种意见，仍然把大部分精力消耗在随时修改定额上，因此提意见的人就把他叫做（作）"老定额"。

今年（一九五九）六月十二日吃过早饭，林忠正在大队部（原来高级社的办公室）赶制一张割麦的定额表，党支书李占奎来找他。"忠哥！今天前晌还是先割白杨套的丰产麦吧！""昨

第 3 頁

天夜里不是说過先割蜂腰嶺的嗎？」「今天早上天氣預報说有雷陣雨。大家的意思还是先割好的！」「知道！雷陣雨在夜里，白天是晴转多雲……」「夜里难道可以保证不下雹子嗎？」「不！只差個前晌後晌！蜂腰嶺的定额已经通過了，白楊窪的定额我在前晌就可以算出表来，中午吃飯時候一通過，後晌就可以割！」「白楊窪还要算什么表？我看哪一塊也差不多，况且是早就包給了各小隊的，讓人家小隊里自己定还不行？」「不行！去年各小隊包的時候，誰也没有料到麦子能長那么厚，連割帶運，三倍的工也不夠！」「超產越多、奖励也越多，还赶不出多誤的工来？」「超產奖励是有個百分数卡着的，勞動日分的是各項收入的平均產值，那怎么能一樣？」「照你那種計算法，分吃個燒餅还得数一数哪一塊上有幾顆芝麻！」……正爭吵着，有個小隊長進来问：「到底是割哪里的？」原来是大家听了天氣預報都怕雹子打了丰產麦，才讓党支书去找大隊長改變計劃的。党支书李占奎不想為了只爭個前晌後晌叫這個小隊長误会他和大隊長不團結，就勉強放棄了自己的意見，向這個小隊長说：「前晌就还割蜂腰嶺的吧，後晌割白楊窪的！」说着就和這位小隊長相跟出来往地里去了。

林忠还有他個人的算盤：「没有定额怎么

25×20=500 272

天夜里不是说过先割蜂腰岭的吗？”“今天早上天气预报说有雷阵雨。大家的意思还是先割好的！”“知道！雷阵雨在夜里，白天是晴转多云……”“夜里难道可以保证不下雹子吗？”“不！只差个前晌后晌！蜂腰岭的定额已经通过了，白杨套的定额我在前晌就可以算出表来，中午吃饭时候一通过，后晌就可以割！”“白杨套还要算什么表？我看哪一块也差不多，况且是早就包给了各小队的，让人家小队里自己定还不行？”“不行！去年各小队包的时候，谁也没有料到麦子能长那么厚，连割带运，三倍的工也不够！”“超产越多、奖励也越多，还赶不出多误的工来？”“超产奖励是有个百分数卡着的，劳动日分的是各项收入的平均产值，那怎么能一样？”“瞧你那种计算法，分吃个烧饼还得数一数哪一块上有几颗芝麻！”……正争吵着，有个小队长进来问：“到底是割哪里的？”原来是大家听了天气预报都怕雹子打了丰产麦，才让党支书去找大队长改变计划的。党支书李占奎不想为了只争个前晌后晌叫这个小队长误会他和大队长不团结，就勉强放弃了自己的意见，向这个小队长说：“前晌就还割蜂腰岭的吧，后晌割白杨套的！”说着就和这个小队长相跟出来往地里去了。

林忠还有他个人的算盘：李占奎走后，林忠一个人嘟囔着说：“没有定额怎么

第 4 頁

能行？同是一個白楊套，情況就不一樣：一隊和二隊包的是前套，三隊和我們四隊包的是後套。一樣的丰產表，前套能用車子拉，後套得用扁担挑；包工包產時候，後套雖然多估了一些工，可是如今產要超兩三倍，工不是也要超兩三倍嗎？超產獎勵的百分數一樣，超了的工數誰賠呢？……”他一边嘟噥，一边繼續造他的定額表。這張表可也真有要磨工夫的地方：白楊套的耕地，有大塊塞溝地，有小塊肋條地；有用鉄鍬翻過的，有用山地犁犁過的；有红白二色土的，有純白土的；有風頭高的，有風頭低的……六十畝地就有二十多塊，論產量從二百斤到千斤畝都有，不過都可以叫丰產地，其中有的可以通車，有的只能用扁担挑。他這張表上的項目是：地塊名称、畝數、估產數、割工、運工五項。估產、估工確實得用點工夫——因為這些地在公社化以前從來沒有長過這樣好的麥子。

他先在表格的第二兩列上填上了地塊名称和畝數放在一边，然後取過算盤和一紙便條來，一塊一塊估算每塊地的產量。這項事情裏攪着他個人的利害關係，弄得他很費腦筋——既怕自己的隊吃了虧，又怕別的隊裏説不公。~~正在這時候，進來一個五十歲上下的小老頭來，客客氣氣向他説：“把……~~

25×20=500

273

能行？同是一个白杨套，情况就不一样：一队和二队包的是前套，三队和我们四队包的是后套。一样的丰产麦，前套能用车子拉，后套得用扁担挑；包工包产时候，后套虽然多估了一些工，可是如今产要超两三倍，工不是也要超两三倍吗？超产奖励的百分数一样，超了的工教谁赔呢？……”他一边嘟念，一边继续造他的定额表。这张表可也真有要磨工夫的地方：白杨套的麦地，有大块塞沟地，有小块肋条地；有用铁锨翻过的，有用山地犁犁过的；有红白二色土的，有纯白土的；有风头高的，有风头低的……六十亩地就有二十多块，论产量说二百斤到千斤亩都有，不过都可以叫丰产地，其中有的可以通车，有的只能用扁担挑。他这张表上的项目是：地块名称、亩数、估产数、割工、运工五项。估产、估工确实得用点工夫——因为这些地在公社化以前从来没有长过这样好的麦子。他先在表格的第一、第二两列上填上了地块名称和亩数，放在一边，然后取过算盘和一纸便条来，按亩数估算每块地的产量。这项事情里搅着他个人的利害关系，弄得他很费脑筋——既怕自己的队吃了亏，又怕别的队里说不公。

第 5 頁

林忠费了一個来鐘頭，把白楊崙二十来塊地里的產量都估算出来登記在便條上，正拿過表来要往上填，没有想到就在這時候從門外不慌不忙走進個人来把他的工作打斷。這個人有五十来歲年紀，兩撇小八字鬍鬚修剪得很整齊。他一揭門簾便客客氣氣地向林忠打了個躬說："忙着哩主任！""主任"是林忠在星火農業社里的老職務，自從公社化以後被改選為大隊長就很少有人這樣稱呼他了，不過總还有那么幾個愛講舊排場的人，以為"主任"比"大隊長"的氣派大一點，所以还是那樣稱呼他，這個小老頭就可以說是個代表——好在"大隊"也叫"管理區"，按"管理區"来說，林忠仍然是"主任"。這個小老頭叫李大亨，年輕時候常好給地主捧個場，可是地主們也看不起他；解放以後雖然对参加勞動十分不滿，可是見了幹部还偏要多說幾句擁護新社會的話。他一進来，林忠就感到頭疼，因為早知道他說一句真实話至少要繞夠一二百個彎子的。林忠說："有事嗎？""有點事主任！""吃晚飯時候再談吧，現

25×20=500

274

林忠费了一个来钟头，把白杨套二十来块地里的产量都估算出来浮记在便条上，正拿过表来要往上填，没有想到就在这时候从门外不慌不忙走进个人来把他的工作打断。这个人有五十来岁年纪，两撇小八字胡须修剪得很整齐。他一揭门帘便客客气气地向林忠打了个躬说：“忙着哩主任！”“主任”是林忠在星火农业社里的老职务，自从公社化以后被改选为大队长就很少有人这样称呼他了，不过总还有那么几个爱讲旧排场的人，以为“主任”比“大队长”的气派大一些，所以还是那样称呼他，这个小老头就可以说是个代表——好在“大队”也叫“管理区”，按“管理区”来说，林忠仍然是“主任”。这个小老头叫李大亨，年轻时候常好给地主捧个场，可是地主们也看不起他；解放以后虽然对参加劳动十分不满，可是见了干部还偏要多说几句拥护新社会的话。他一进来，林忠就感到头疼，因为早知道他说一句真实话是要绕够一二百个弯子的。林忠说：“有事吗？”“有些事主任！”“吃晚饭时候再谈吧，现

第 6 頁

在我要這個东西！」「就是现在的事，馬上不解决就不好办！」「什么事也得等到晚上！」「不行！停不住手！」「哪有那么要紧的事？什么事？」「主任不是常说"什么事也得根据具体情况来决定办法"吗？现在有這樣一個情况……」「直截了當说！说什么就说什么！咱们三言两语解决问题！我还有要紧事哩！」「好！我是给公共食堂磨麵的，就谈磨麵的事！」「磨麵的什么事？你不要尽说帽子，说主要的！」「主任！不要着急！说话总得有個头绪……」~~李大亨正要摸着头绪講~~。

李大亨正要摸着「头绪」講，三隊里有個叫蛹蛹的青年小夥子急急忙忙跑進来，因为跑得太快，進门来只顾喘氣，馬上还说不出话来。「蛹蛹」好像是個外号，其实是個真名。這個人在小孩子時期，長得皮緊肉滿，初生兩個月就会翻身，赤光光地在床上滚来滚去像個大蛹，他的媽媽成天叫他「蛹蛹」，直到長大也没有改名。现在雖然長到二十多歲，看他那渾身憨動，还像個大蛹。是星火大隊第三小隊的副隊長。

李大亨見蛹蛹的来势太猛，生怕他提出什么更重要的问题来搶了自己说话的机会，因此就趁他喘氣的時候，先继续说自己的話：「主任是注重定额的。我要请示的也是個定额问题。」「你直截说问题好不好？」李大亨這

25×20=500

275

在我要赶个东西！”“就是现在的事，马上不解决就不好办！”“什么事也得等到晚上！”“不行！停不住手！”“哪有那么要紧的事？什么事？”“主任不是常说‘什么事也得根据具体情况来决定办法’吗？现在有这样一个情况……”“直截了当说！说什么就说什么！咱们三言两语解决问题！我还有要紧事哩！”“好！我是给公共食堂磨面的，就说磨面的事！”“磨面的什么事？你不要尽说帽子，说主要的！”“主任！不要着急！说话总得有个头绪……”林忠这时候，只得把笔插进套子里。

李大亨正要按着“头绪”讲，三队里有个叫蛹蛹的青年小伙子匆匆忙忙跑进来，因为跑得太快，进门来只顾喘气，马上还说不出话来。“蛹蛹”好像是个外号，其实是个真名。这个人在小孩子时期，长得皮紧肉满，初生两个月就会翻身，赤光光地在床上滚来滚去像个大蛹。他的妈妈成天叫他“蛹蛹”，直到长大也没有改名，现在虽然长到二十多岁，看他那浑身憨劲，还像个大蛹，是星火大队第三小队的副队长。

李大亨见蛹蛹的来势甚猛，生怕他提出什么更重要的问题来抢了自己说话的机会，因此就趁他喘气的时候，先继续说自己的话：“主任是注重定额的。我要请示的也是个定额问题。”“你直截（接）说问题好不好？”李大亨这

第 7 页

会可真要直接说问题了——因为一来怕林忠生了气真不听他的，二来又怕蛹蛹插上话再轮不上他说。他说：「普通杂面，一百斤里边应该是多少玉米多少豆？」「还不是十五斤到二十斤豆吗？」「豆多了是不是还能磨够定额？」这倒把林忠问住了。林忠没有这个经验。蛹蛹插话说：「豆越多磨的面自然也越多！」~~我十来岁上就常替我妈~~

李大亨翻了蛹蛹一眼说：「你懂我说的是什么？」蛹蛹说：「我十来岁上就常替我妈照磨，还没有磨过个杂面？」「小孩子家先听明白了再说话！你说的是面，我说的是工！你知道一盘磨一天能磨多少杂面？」「那要看用哪一盘磨，套哪个牲口！小孩子就什么也不知道了？那也要看什么样的小孩子！」

175 林忠见蛹蛹挫了李大亨的锐气，觉着问题比较容易解决了，就向李大亨说：「不是给你定过额吗？就是食堂门口那盘大磨，套上土黄骡再贴上个驴，不是六十斤面抵一个劳动日吗？」蛹蛹问：「六十斤？」林忠只顾看李大亨的神气，没有回答蛹蛹的话；李大亨在定额里讨着便宜，自然不肯理蛹蛹的话，不但不肯理，反怕蛹蛹再追问一句，因此不等蛹蛹再开口，就向林忠说：「可是司务长这次给发的粮是三七对，七十斤玉米三十斤豆，你说还能磨够

25×20=500　文学　稿纸　276—282　276

3060字　克明

会可真要直接说问题了——因为一来怕林忠生了气真不听他的，二来又怕蛹蛹插上话再轮不上他说。他说："普通杂面，一百斤里边应该是多少玉米多少豆？""还不是十五斤到二十斤豆吗？""豆多了是不是还能磨够定额？"这倒把林忠问住了。林忠没有这个经验。蛹蛹插话说："豆越多磨的面自然也越多！"李大亨翻了蛹蛹一眼说："你懂我说的是什么？"蛹蛹说："我十来岁上就常替我妈照磨，还没有磨过个杂面？""小孩子家等听明白了再说话！你说的是面，我说的是工！你知道一盘磨一天能磨多少杂面？""那要看用哪一盘磨，架哪个牲口！小孩子就什么也不知道了？那也要看什么样的小孩子！"

林忠见蛹蛹锉（挫）了李大亨的锐气，觉着问题比较容易解决了，就向李大亨说："不是给你定过额吗？就是食堂门口那盘大磨，架上土黄骡再贴上个驴，不是六十斤面抵一个劳动日吗？"蛹蛹问："六十斤？"林忠只顾看李大亨的神气，没有回答蛹蛹的话；李大亨在定额里讨着便宜，自然不肯理蛹蛹的话，不但不肯理，反怕蛹蛹再追问一句，因此不等蛹蛹再开口，就向林忠说："可是司务长这次给发的粮是三七对，七十斤玉米三十斤豆，你说还能磨够

第 8 頁

嗎？」林忠說：「那能差個什么？有撈魚時候有晒網時候，成天磨就一樣了。」李大亨見有蛹蛹這個小內行在場，不敢再爭下去，準備作為接受了林忠的意見退出去，可是蛹蛹偏又冷冷地諷刺了他一句說：「便宜了還想便宜！」李大亨這樣個要臉面的人物，讓蛹蛹這個毛孩子當面奚落一句，說什么也得再回一句，可是他又怕說得重了惹起事來，想了一陣，想出個好法子來是「且戰且退」。他沒有再向林忠說什么，一邊轉身向外走着，一邊自言自語說：「不負責任的話誰也會說！」不料這句話恰恰惹出點事來。蛹蛹沒有讓他走脫，搶過去用兩條粗胳膊把門一擋說：「我負責任：就是那盤磨，就是那土黃騾貼一個騾，就是那三七對的雜麵，一個勞動日磨七十斤。你要包還是儘你包，你要不包我包！」李大亨一看蛹蛹那個勁頭，想衝是衝不出去的，也只好再來一套軟的：「蛹蛹！老漢有什么得罪你的地方，你提出來老漢賠情！咱們都是同鍋吃飯，有什么過不去哩？」「老人家！我一點也沒有跟你過不去的地方，不過咱們誰也不許哄公家。一個勞動日磨七十斤麵合理合法、公私兩利！你磨你就磨，你不磨我磨！」林忠着急的是割麥的定額算不出來，想了個胡塗了事的辦法說：「算了算了！不要鬥嘴了！」蛹蛹說：「不是

25×20=500

277

吗？”林忠说：“那能差个什么？有捞鱼时候有晒网时候，成天磨就一样了。”李大亨见有蛹蛹这个小内行在场，不敢再争下去，准备作为接受了林忠的意见退出去，可是蛹蛹偏又冷冷地讽刺了他一句说：“便宜了还想便宜！”李大亨这样个爱脸面的人物，让蛹蛹这个毛孩子当面奚落一句，说什么也得再回一句，可是他又怕说得重了惹起事来，想了一阵，想出个好法子来是“且战且退”。他没有再向林忠说什么，一边转身向外走着，一边自言自语说：“不负责任的话谁也会说！”不料这句话恰恰惹出点事来。蛹蛹没有让他走脱，抢过去用两条粗胳膊把门一挡说：“我负责任：就是那盘磨，就是那土黄骡贴一个驴，就是那三七对的杂面，一个劳动日磨七十斤。你要包还先尽你包，你要不包我包！”李大亨一看蛹蛹那个劲头，想冲是冲不出去的，也只好再来一套软的：“蛹蛹！老汉有什么得罪你的地方，你提出来老汉赔情！咱们都是同锅吃饭，有什么过不去哩？”“老人家，我一点也没有跟你过不去的地方，不过咱们谁也不许哄公家。一个劳动日磨七十斤面，合理合法、公私两利！你磨你就磨，你不磨我磨！”林忠着急的是割麦的定额算不出来，想了个糊涂了事的办法说：“算了算了！不要斗嘴了！”蛹蛹说：“不是

第 9 頁

光閂嘴，差着十斤麵哩！大隊長你說上一句：是包六十斤合算，还是包七十斤合算？」林忠见蛹蛹绝有勝利的把握，就旋轉過了李大亨一下说：「大亨你说吧：蛹蛹願意包七十斤。你要也願意就还包给你，要不就讓蛹蛹包了算了！」七十斤倒还磨得夠，况且不磨麵就得上地，故李大亨心里已經願意了，只是話太不好说。林忠又催着说：「快點！一言为定：我还有别的事哩！」李大亨经這樣一激，忽然蹩出一句很雅場的話来。他说：「蛹蛹敢包難道我就不敢試一試？七十斤就七十斤！我也學一學大躍進！」林忠见蛹蛹幫着自己完全击败了李大亨這一次将軍，满心舒暢地说：「好好好！谁也应該大躍進！」李大亨正作表面光彩的退場，蛹蛹又加了句話说：「哪里用得着大躍進？闭住眼睛也磨得夠，稍稍起一點早，八十斤也磨得夠！」李大亨怕蛹蛹再加碼，沒有敢再回話就走了。

李大亨走後，蛹蛹问林忠：「他来幹什么来了？」林忠说：「来讨领那十斤空额来了！」说了就嘻嘻地笑起来。蛹蛹接着也笑了。林忠说：「你這小鬼可真沉得住氣！」蛹蛹说：「对這種人实在不能太客氣！愛討便宜的人也是常有的，不過不像他這種人除了找便宜再沒有别的事！」林忠因为心里有事，無心对李大亨再作什么評論，就把

25×20=500

278

光斗嘴，差着十斤面哩！大队长你说上一句！是包六十斤合算，还是包七十斤合算？”林忠见蛹蛹绝有胜利的把握，就趁势逼了李大亨一下说：“大亨你说吧：蛹蛹愿意包七十斤。你要也愿意就还包给你，要不就让蛹蛹包了算了！”七十斤保证磨得够，况且不磨面就得上地，李大亨心里已经愿意了，只是话太不好说。林忠又催着说：“快点！一言为定！我还有别的事哩！”李大亨经这样一整，忽然整出一句很排场的话来。他说：“蛹蛹敢包难道我就不敢试一试？七十斤就七十斤！我也学一学大跃进！”林忠见蛹蛹帮着自己完全击败了李大亨［，］将他这一次军，满心舒畅地说：“好好好！谁也应该大跃进！”李大亨正作表面光荣的退场，蛹蛹又加了句话说：“哪里用得着大跃进？闭住眼睛也磨得够！稍稍起一点早，八十斤也磨得够！”李大亨怕蛹蛹再加码，没有敢再回话就走了。

李大亨走后，蛹蛹问林忠：“他来干什么来了？”林忠说：“来补领那十斤定额来了！”说了就嗤嗤地笑起来。蛹蛹接着也笑了。林忠说：“你这小鬼可真沉得住气！”蛹蛹说：“对这种人实在不能太客气！爱讨便宜的人也是常有的，不过不像他这种人除了找便宜再没有别的事！”林忠因为心里有事，无心对李大亨再作什么评论，就把

第 10 頁

话头转到询问蛹々的来意上：「你怎么没有去割麦？」「去来！我是从蜂腰岭回来的！」「找我有事吗？」「原来有事，现在又没有了！」蛹々说着，面上露出一丝笑来。林忠说：「小鬼又搞什么鬼？队里有问题了吗？」「没有！」

林忠正有些纳闷，忽听得房背后似乎有车过去。林忠向蛹々说：「你们队里又想用车子拉麦是不是？蜂腰岭的路不能走车！去年秋天二队拉粪不是差一点把一辆车子摔下崖去吗？」「我们没有说要用车子！」「你不要哄我！就你一个人来了呀，还有别人？」「就我一个人！你不要乱猜，不是为那个！」「那么谁在外边赶车呢？」「没有谁赶车！大概是东院婶子和二奶々给幼儿园的孩子们推着玩哩！」林忠又听了听，果然不见再响，也就不再追问。

林忠急着要走，可是还没有问清楚蛹々的来意，就又接着问：「蛹々！你到底来做什么？不要尽贪玩！」蛹々笑々一笑说：「也是定额问题！算了！说起来不光荣得很！蜂腰岭上我们队里的麦，叫羊踩了两块，倒在地下不好割，有些人要求叫修改定额！」「有多少？」「一共不过二三亩地，多误上十来八分工，也跟李大亨说那一百斤麵多加了十来斤豆子一样，提不到话下。我来的时候思

25×20=500

-6 279

话头转到询问蛹蛹的来意上："你怎么没有去割麦？""去来！我是从蜂腰岭回来的！""找我有事吗？""原来有事，现在又没有了！"蛹蛹说着，面上露出一点憨笑来。林忠说："小鬼又搞什么鬼？队里有问题了吗？""没有。"

林忠正有点纳闷，忽听得房背后似乎有车过去。林忠向蛹蛹说："你们队里又想用车子拉麦是不是？蜂腰岭的路不能走车！去年秋天二队拉粪不是差一点把一辆车子摔下崖去吗？""我们没有说要用车子！""你不要哄我！就你一个人来了呀，还有别人？""就我一个人！你不要乱猜，不是为那个！""那么谁在外边架车呢？""没有谁架车！大概是东院婶子和二奶奶给幼儿园的孩子们推着玩哩！"林忠又听了听，果然不见再响，也就不再追问。

林忠急着要造表，可是还没有问清楚蛹蛹的来意，就又接着问："蛹蛹！你到底来做什么？不要尽贪玩！"蛹蛹嘻嘻一笑说："也是定额问题！算了！说起来不光荣得很！蜂腰岭上我们队里的麦，叫羊蹬了两块，倒在地下不好割，有些人要求叫修改定额！""有多少？""一共不过二三亩地，多误上十来八分工，也跟李大亨说那一百斤杂面多加了十来斤豆子一样，提不到话下。我来的时候思

第 11 頁

想不到吧，現在讓李大亨這件事教訓過來了。定額太細了很容易叫人尖滑。黨團員、幹部不較吃一點小虧，就很難叫李大亨那些人不搗蛋！」

說話間又听得房背後車子响。林忠向蛹蛹說：「你說得对！燒的紙多惹的鬼多！我也觉得定額太细了有毛病了！你还到地里去吧！就說沒有找见我！劝大家在小事情上厚道一點，不要惹人笑話！」蛹蛹答应着往外走，林忠又說：「出去到幼兒園告訴二奶奶說不要推着那個廢車玩，防忘軋了孩子们的脚！」打發蛹蛹走後，他看見桌上的鐘已經到十點四十分了，急得他一边搔頭，一边擺開算盤趕緊在表上填那些算好了的數字。

蛹蛹離開大隊部，到大隊部房背後的幼兒園來。他一進門，孩子们就把他圍上，有個孩子說：「大哥哥跟我们修房子玩！我们要修学校！」蛹蛹用手分開他们說：「大哥哥吃晚飯時候再跟你们玩！」二奶奶也趕過来劝孩子们說：「大哥哥有事哩！閑了再跟你们玩！」蛹蛹向二奶奶說：「二奶奶！大隊長叫告你說不要讓孩子们推着那輛廢車玩，防軋了他们的脚！」「孩子们没有推着車玩呀！車軲轆前後都是用磚墊着的！」孩子们自己也說沒有推着玩

25×20=500

280

想不正确，现在让李大亨这件事教训过来了。定额太细了很容易叫人尖薄。党团员、干部不愿吃一点小亏，就很难叫李大亨那些人不捣蛋！”

说话间又听得房背后车子响。林忠向蛹蛹说：“你说得对！烧的纸多惹的鬼多！我也觉得定额太细了有毛病了！你还到地里去吧！就说没有找见我！劝大家在小事情上厚道一点，不要惹人笑话！”蛹蛹答应着往外走，林忠又说：“出去到幼儿园告你二奶奶说不要推着那个废车玩，防忌轧了孩子们的脚！”打发蛹蛹走后，他看见桌上的表已经到十点四十分了，急得他一边搔头，一边拔开笔赶紧在表上填那些算好了的数字。

蛹蛹离开大队部，到大队部房背后的幼儿园来。他一进门，孩子们就把他围上，有个孩子说：“大哥哥跟我们修房子玩！我们要修学校！”蛹蛹用手分开他们说：“大哥哥吃晚饭时候再跟你们玩！”二奶奶也趁过来劝孩子们说：“大哥哥有事哩！闲了再跟你们玩！”蛹蛹向二奶奶说：“二奶奶！大队长叫告你说不要让孩子们推着那辆废车玩，防轧了他们的脚！”“孩子们没有推着车玩呀！车轱辘前后都是用砖垫着的！”孩子们自己也说没有推着玩

第 12 頁

，有個孩子指着車上壘好的積木說：「這是我們的学校！」蛹蛹看了看，車輪是用磚墊着的，细看車轅、車盤一切都好好地，就問二奶奶說：「這車沒有壞了呀，怎么說是廢車？」二奶奶說：「什么也沒有壞不坏！是有了大軲轆車用不着它了！」正說着，又听見外边有車子過来的声音。蛹蛹說：「這又是哪里的車响？」二奶奶側着耳朵去听，又不响了。东院嬸正在兒童食堂給孩子們蒸饅，隔着窗向蛹蛹說：「不是車，是响雷哩！」蛹蛹揚起頭向院里的天空一看，只有稀稀地幾團黑雲，太陽還是那么亮，就說：「不像是雷！」二嬸子說：「是！响了好几次了！」「為什么是老悶着？」「前晌响的雷就是這老悶音！你听！這不是又响哩？」就在這時候又响了一声。蛹蛹說：「噫！就是雷！」

蛹蛹跑到外边向四周一看，西边的雲重一點，但還不像馬上就能下雨的樣子，悶声悶氣的雷声又從遠處傳来。他馬上想到白楊窪的丰產麦，又跑回大隊部来。他在门口喊：「大隊長！响雷哩！西北边陰住了！」

「啊？」林忠一听說是响雷，連筆也沒有顧上套住，摔在桌上就跑出来。他和蛹蛹跑到院外一個比較眼亮的地方向西北天上一看，遠處的雲边上一閃一閃閃着亮光，

25×20=500

281

，有个孩子指着车上垒好的积木说：“这是我们的学校！”蛹蛹看了看，车轮是用砖垫着的，细看车轮、车盘一切都好好地，就问二奶奶说：“这车没有坏了呀，怎么说是废车？”二奶奶说：“什么也没有坏！是有了大轱辘车用不着它了！”正说着，又听见外边有车子过来的声音。蛹蛹说：“这又是哪里的车响？”二奶奶侧着耳朵去听，又不响了。东院婶正在儿童食堂给孩子们蒸馍，隔着窗向蛹蛹说：“不是车，是响雷哩！”蛹蛹扬起头向院里的天空一看，只有稀稀地几小团黑云，太阳还是那么亮，就说：“不像是雷！”二婶子说：“是！响了好几次了！”“为什么是老闷音？”“前晌响的雷就是这老闷音！你听！这不是又响哩？”就在这时候又响了一声。蛹蛹说：“噫！就是雷！”

蛹蛹跑到外边向四周一看，西边的云重一点，但还不像马上就能下雨的样子，闷声闷气的雷声又从远处传来。他马上想到白杨套的丰产麦，又跑回大队部来。他在门口喊：“大队长！响雷哩！西北边阴住了！”

“啊？”林忠一听说是响雷，连笔也没有顾上套住，摔在桌上就跑出来。他和蛹蛹跑到院外一个比较眼亮的地方向西北天上一看，远处的云边上一晃一晃闪着亮光，雖然在太陽光下还不太發亮，可是能看到西北的遠處閃電打得很緊，好在離得太遠，要不雷声就会連起來了。兩個人正看中间，偏西的方向來了一次比較亮的閃電，停了一会又响起一声像在遠處拉車的悶雷來。林忠說：「決定錯了！該先割白楊套的麥！」「現在怎么办哩？」「叫四個隊馬上都轉到白楊套去！完額节割了再評！」「好！我替你去傳令！」蛹蛹說着就跑了。林忠叫住他說：「不行！还是我去！有些人还得說服！你給咱們在村里再動員些人，就說我說的，一切活兒都停下，全体出動到白楊套搶收丰產麥！告炊事员們說且不要做午飯，先燒些開水往白楊套送，等搶完了麥，後晌回來再做飯吃！」「行！我傳達完了就到白楊套去！請你告我們隊長說，讓他把我的扁担和鐮刀帶到白楊套！我不到蜂腰嶺去了！」說罷，兩個人就分頭走開。林忠回家去取上鐮刀和扁担往蜂腰嶺去。

蛹蛹先在一個房顶上用廣播筒喊了一陣，又到各條街道上跑了一遍，果然又動員出幾十個人來，連李大亨也把磨卸了參加了搶收隊——因為他很清楚地里減了產有了工分也成空的了。

蛹蛹折騰了一陣，帶着這個混成隊往白楊套走，可是虽然在太阳光下还不太显亮，可是能断定西北的远处闪电打得很紧，好在离得太远，要不雷声就会连起来了。两个人正看中间，偏西的方向来了一次比较亮的闪电，停了一会又响起一声像在远处拉车的闷雷来。林忠说：“决定错了！该先割白杨套的麦！”“现在怎么办哩？”“叫四个队马上都转到白杨套去！定额等割了再评！”“好！我替你去传令！”蛹蛹说着就跑了。林忠叫住他说：“不行！还是我去！有些人还得说服！你给咱们在村里再动员些人，就说我说的，一切活儿都停下，全体出动到白杨套抢收丰产麦！告炊事员们说且不要做午饭，先烧些开水往白杨套送，等抢完了麦，后晌回来再做饭吃！”“行！我传达完了就到白杨套去！请你告我们队长说，让他把我的扁担和镰刀带到白杨套！我不到蜂腰岭去了！”说罢，两个人就分头走开。林忠回家去取上镰刀和扁担往蜂腰岭去。

蛹蛹先在一个房顶上用广播筒喊了一阵，又到各条街道上跑了一遍，果然又动员出几十个人来，连李大亨也把磨卸了参加了抢收队——因为他很清楚地里减了产有了工分也成空的了。

蛹蛹折腾了一阵，带着这个混成队往白杨套走，可是還沒有走到往白楊套去的這條路上，就看見有二三十個人挑着麥子從白楊套出來；走近了他們，才看見各隊的人都有。担麥的碰上了他們，其中有人說：「已經有人回來過了嗎？」蛹蛹說：「就我一個人回來過！大家不是都去蜂腰嶺嗎？你們幾時往白楊套去的？」二隊隊長說：「天氣不好！大家看見西北方向打閃電，支书就叫轉到白楊套去了！支书說叫我回來跟大隊長說說再動員些人。大隊長哩？」「大隊長到蜂腰嶺叫你們去了！能動員的人都動員來了！就是大隊長叫動員的！」挑着担子說話不能站得太久，二隊隊長听明白了蛹蛹的話，就和蛹蛹分了手。蛹蛹回頭喊：「我的鐮和扁担哩？」「都替你帶到白楊套了！」二隊隊長遠遠地回答。

這個混成隊進了白楊套，早見各隊包種的麥地里都有人。蛹蛹說：「分開吧！各隊的人各自歸隊！」說着就都分開了。

支书李占奎在三隊。他正和大家割得起勁，見又增加了人，覺着林忠办事真快，馬上就把人動員來了。他以為既然把別人都動員來了，林忠一定來了，於是就到四隊的地里去找林忠。他跑到四隊的地里，沒有發現林忠。他問：「大隊長哩？」有人回答說：「沒

石占走 文学 283-285 283 3140字

还没有走到往白杨套去的这条路上，就看见有二三十个人挑着麦子从白杨套出来；等他们走近了，才看见各队的人都有。担麦的碰上了他们，其中有人说：“已经有人回来过了吗？”蛹蛹说：“就我一个人回来过！大家不是都在蜂腰岭吗？你们几时往白杨套去的？”二队队长说：“天气不好！大家看见西北方向打闪电，支书就叫转到白杨套去了！支书说叫我回来跟大队长说说再动员些人。大队长哩？”“大队长到蜂腰岭叫你们去了！能动员的人都动员来了！就是大队长叫动员的！”挑着担子说话不能站得太久，二队队长听明白了蛹蛹的话，就和蛹蛹分了手。蛹蛹回头喊：“我的镰和扁担哩？”“都替你带到白杨套了！”二队队长远远地回答。

这个混成队进了白杨套，早见各队包种的麦地里都有人。蛹蛹说：“分开吧！各队的人各自归队！”说着就都分开了。

支书李占奎在三队。他正和大家割得起劲，见又增加了人，觉得林忠办事真快，马上就把人动员来了。他以为既然把别人都动员来了，林忠一定来了，于是就到四队的地里来找林忠。他跑到四队的地里，没有发现林忠。他问：“大队长哩？”有人回答说“没

第 15 頁

看見了，可是這句話还沒有落音，就听得土崖上边有人喊道說：「来了来了！」李占奎抬頭一看，見真是林忠，就问他說：「你怎么從高處来了？」林忠笑了笑說：「非從高處来不行！你们不也是從高處来的嗎？」原来從蜂腰嶺往白楊套去，数這條路近，要是打村里去繞一下，要比這條路遠一倍还多。李占奎决定轉移割麦隊伍所以沒有回村去和林忠商量，也正是因為怕走路躭誤了時间。

林忠見了李占奎，說明了從高處来的原因以後，就商量搶收的措施。林忠问：「你看中午不收工，割到下午四五點鐘能不能割完？」李占奎說：「麦很厚！平均割一畝得四個工。現在連後来的幾十個人，一共不過二百四五十個人，光割也得一天，不說運輸！依我說打亂了隊先儘最好的割，能割多少算多少；把咱们在家的牲口一齊用上，能馱的馱，能拉的拉，再加上人挑，先把好的搶回去，萬一下了冰雹，也只讓它打次的！」

這時候，雷声更近了一點，林忠就按李占奎說的办法下了命令，各隊的人就都集中在幾塊最好的麦地里，仍由各隊隊長指揮着割，並且把体力最壮的小伙子们選出来專挑担子，把老年人選出来趕車運送。

大隊長林忠在对敵鬥爭時期是破路英雄，一個人能扛

25×20=500

284

有见”，可是这句话还没有落音，就听得土崖上边有人答应说：“来了来了！”李占奎抬头一看，见真是林忠，就问他说：“你怎么从高处来了？”林忠笑了笑说：“非从高处来不行！你们不也是从这高处来的吗？”原来从蜂腰岭往白杨套走，数这条路近，要是打村里去绕一下，要比这条路远一倍还多。李占奎决定转移割麦队伍所以没有回村去和林忠商量，也正是因为怕走路耽误了时间。

林忠见了李占奎，说明了从高处来的原因以后，就商量抢收的措施。林忠问：“你看中午不收工，割到下午四五点钟能不能割完？”李占奎说：“麦很厚！平均割一亩得四个工。现在连后来的几十个人，一共不过二百四五十个人，光割也得一天，不说运输！依我说打乱了队先尽（紧）最好的割，能割多少算多少；把咱们在家的牲口一齐用上，能驮的驮，能拉的拉，再加上人挑，先把好的抢回去，万一下了冰雹，也只让它打次的！”

这时候，雷声更近了一点，林忠就按李占奎说的办法下了命令，各队的人就都集中在几块最好的麦地里，仍由各队队长指挥着割，并且把体力最壮的小伙子们选出来挑担子、把老年人选出来赶车运送。

大队长林忠在对敌斗争时期是破路英雄，一个人能扛起一條鐵軌来。他雖然已經快五十歲了，仍然自告奮勇挑担子，並且用繩子把兩綑麥子綑在一起，一個人挑四綑。青年小伙子們不服勁，也都挑四綑，蛹蛹說四綑还不夠他挑，可是扁担只有那么長，再多了挑不住。

蛹蛹見老漢们赶着車拉，就想起幼兒園那一輛廢車来。他和另一個青年去把那一輛廢車拖出来，絆上繩套用人拉，兩個人一車能拉二十綑。有個青年和蛹蛹開玩笑說：「牲口不夠用了，又絆了個大"蛹蛹"！」

天已經過了吃午飯時候，大家因為怕雹子打了麥，也不覺着餓，只是渴得要命。四個炊事員挑得開水来，大家暫時歇了手来喝水——和開飯一樣，由炊事员分派。大家喝着水、听着雷声、議論着雨下得来下不来。有人說：「雨轉到北边去了，可能下不来！」大家正望着北边的雲頭看動向，西边的山頭上突然閃了一道亮光，接着山搖地動地响了一声雷。大家听了，好多人都放下碗站起来說：「快搶吧！雨要来！」

這時候的人們，已經跟打仗的衝鋒時候一樣了：有的摔掉了草帽，有的脫去了布衫，所有的鐮刀都閃着亮光，好像人也在飛、鐮刀也在飛、麥子也在飛，白楊套的麥地里好像起了旋風，把麥子一塊一塊吹倒又吹成綑子。這起一条铁轨来。他虽然已经快五十岁了，仍然自告奋勇挑担子，并且用绳子把两捆麦子捆在一起，一个人挑四捆。青年小伙子们不服劲，也都挑四捆，蛹蛹说四捆还不够他挑，可是扁担只有那么长，再多了挑不住。

蛹蛹见老汉们赶着车拉，就想起幼儿园那一辆废车来。他和另一个青年去把那一辆废车拖出来，架上绳套用人拉，两个人一车能拉二十捆。有个青年和蛹蛹开玩笑说："牲口不够用了，又架了个大'蛹蛹'！"

天已经过了吃午饭时候，大家因为怕雹子打了麦，也不觉着饿，只是渴得要命。四个炊事员挑得开水来，大家暂时歇了手来喝水——和开饭一样，由炊事员分派。大家喝着水、听着雷声、议论着雨下得来下不来。有人说："雨转移到北边去了，可能下不来！"大家正望着北边的云头看动向，西边的山头上突然闪了一道亮光，接着山摇地动地响了一声雷。大家听了，好多人都放下碗站起来说："快抢吧！雨要来！"

这时候的人们，已经跟打仗的冲锋时候一样了：有的摔掉了草帽，有的脱去了布衫，所有的镰刀都闪着亮光，好像人也在飞、镰刀也在飞、麦子也在飞，白杨套的麦地里好像起了旋风，把麦子一块一块吹倒又吹成捆；从白楊套往村子里去的路上，牛車、騾車、馱子、担子，去寬處像流水，到窄處像擰绳。村边打麦場上的麦垛子一堆一堆垛起来。

林忠畢竟年纪大了一些，挑了两趟觉着腰杆有些不得勁，就在場上帮着大家把麦垛成堆。為了不妨碍打麦，按習慣是把初運回来的麦子垛在場边上，而且是穗朝里垛成一排，好像一人来高的矮墙。林忠开頭也是這樣垛，後来雷响得更緊了些，他想到万一下了雹子，把麦子打落在場上，雨大了还是能冲跑了，因此他就又發明了個新垛法：垛成两層，外層的根茬朝外、里層的根茬朝里，把穗夹在中間，任凭多么大的雹子也不会打着穗。他用這種新办法垛了一列，西边飛来的雲頭已经擋住了偏了西的太陽，看樣子雨来得要比他们收割得快。他一着急，又想出了更妙的办法来。他想：「照這種新的垛法，把麦子捆垛在地里也能擋住冰雹！」得着了新主意，马上就下緊急命令：「一律停運！先割先捆，就地垛起！」他留了一個人在場上告訴運麦的運来這一趟都把牲口車輛送回去返轉到地里去割，自己先跑到地里和支书李占奎商量，使用這個救急办法。

這個办法用上了，白楊套的割麦隊伍大起来，一塊塊白杨套往村子里去的路上，牛车、骡车、驮子、担子，在宽处像流水，到窄处像拧绳，村边打麦场上的麦垛子一堆一堆垒起来。

林忠毕竟年纪大了一点，挑了两趟觉着腰板有点不得劲，就在场上帮着大家把麦垛成堆。为了不妨碍打麦，按习惯是把初运回来的麦子垛在场边上，而且是穗朝里垛成一排，好像一人来高的矮墙。林忠开头也是这样垛，后来雷响得更紧了点，他想到万一下了雹子，把麦子打落在场上，雨大了还是能冲跑了，因此他就又发明了个新垛法：垛成两层，外层的根茬朝外、里层的根茬朝里，把穗夹在中间，任凭多么大的雹子也不会打着穗。他用这种新办法垛了一列，西边飞来的云头已经挡住了偏了西的太阳，看样子雨来得要比他们收割得快。他一着急，又想出了更妙的办法来。他想："照这种新的垛法，把麦子捆垛在地里也能挡住冰雹！"得着了新主意，马上就下紧急命令："一律停运！先割先捆，就地垛起！"他留了一个人在场上告诉运麦的运来这一遭都把牲口车辆送回去返转到地里去割，自己先跑到地里和支书李占奎商量，使用这个救急办法。

这个办法用上了，白杨套的割麦队伍大起来，一块块

第 18 頁

地里的麥垛子也站起來。

旋風般的割麥大隊，先割完了幾大塊塞满地里的千斤畝，然後逐塊往外旋，從上午十點到下午三點，不過五個鐘頭，就把六十畝丰產麥割倒了四十五畝；要按林忠那張定額表上估的產量，六十畝一共三萬斤，這四十五畝就佔到二萬七千斤，剩下的不過是一些二百斤畝。

這時候，天陰得更重了，烏雲低得好像就要碰着白楊崖後边的山頂，一陣涼風吹過來；吹散了沒有趕上捆好的麥鋪，一声霹靂過後，巴拉巴拉落下來些稀密不匀的大雨點。林忠在這時候又下了緊急命令：「安全要緊！大家立刻停止，馬上回去！」

打發大家上了路，林忠、李占奎和一些党团員、積極分子们冒着雨把割倒了沒有捆起來的麥子捆好、垛起，也就都跑回去了。

這一天，幸而沒有下雹子，只下了一陣大雨，大雨過後，雲散天晴。這時間才是下午五點鐘，夏至前後的白天長，太陽仍然很高。

開飯了。本來準備吃麵條，因為改了吃飯時間，和起來的麵發了酵，就改成了燒餅、茄子菜。飯前，支书李占

25×20=500

287

地里的麦垛子也站起来。

旋风般的割麦大队，先割完了几大块塞沟地里的千斤亩，然后逐块往外旋，从上午十点到下午三点，不过五个钟头，就把六十亩丰产麦割倒了四十五亩；要按林忠那张定额表上估的产量，六十亩一共三万斤，这四十五亩就占到二万七千斤，剩下的不过是一些二百斤亩。

这时候，天阴得更重了，乌云低得好像就要碰着白杨套后边的山顶，一阵凉风吹过来，吹散了没有赶上捆好的麦铺，一声霹雳过后，巴拉巴拉落下来些稀密不匀的大雨点。林忠在这时候又下了紧急命令："安全要紧！大家立刻停止，马上回去！"

打发大家上了路，林忠、李占奎和一些党团员、积极分子们冒着雨把割倒了没有捆起来的麦子捆好、垛起，也就都跑回去了。

这一天，幸而没有下雹子，只下了一阵大雨，大雨过后，云散天晴。这时候才是下午五点钟，夏至前后的白天长，太阳仍然很高。

开饭了。本来准备吃面条，因为改了吃饭时间，和起来的面发了酵，就改成了烧饼、茄子菜。饭前，支书李占

第 19 頁

奎和林忠接過頭，就在食堂的飯廳里鼓勵大家說：「咱們今天的成績很大，五個鐘頭比一整天幹的活都多！剛才和大隊長商量，決定吃過飯不再做活，讓大家痛痛快快休息一下，明天再去搬運咱們的豐產麥子！」

在大食堂的飯廳上吃飯是自由碰座，老年人愛找老年人，孩子們愛找孩子們。林忠、李占奎和從前跟他們在一塊當過民兵的幾個小老頭常常碰夥佔一個桌子。這一次吃飯時候，一個愛和林忠開玩笑的人說：「"老定額"哥！咱們今天的定額該怎么算呢？」林忠說：「別人的以後再研究，你的算成義務工好了！」「你倒很大方！你的哩？」「我的也算義務工！」另一位很正經地說：「說真的，今天的工就是很不好記賬！」林忠說：「有什么難記的？這是一次突击搶收，按每個人的底分記还不行？能把咱們的豐產麥搶到手就是很大的便宜！記個工分，吃虧便宜能差多少？」原來和他開玩笑的那個說：「這話真不像你這"老定額"說的呀？你一家出動着四個勞力，難道不嫌虧嗎？」另一個比他年紀大一點的說：「他這幾年才成了落窩鴨兒吧，從前还不是能飛能跳的來？咱們跟他去破壞敵人鐵路的時候，你向他要一個道釘多少定額？抬一條鐵軌多少定額？挖一方路基、搬一根枕木又都是多少定額？

25×20=500

288

奎和林忠接过头，就在食堂的饭厅里鼓励大家说：“咱们今天的成绩很大，五个钟头比一整天干的活都多！刚才和大队长商量，决定吃过饭不再做活，让大家痛痛快快休息一下，明天再去搬运咱们的丰产麦子！”

在大食堂的饭厅上吃饭是自由碰座，老年人爱找老年人，孩子们爱找孩子们。林忠、李占奎和从前跟他们在一块当过民兵的几个小老头常常碰伙占一个桌子。这一次吃饭时候，一个爱和林忠开玩笑的人说：“‘老定额’哥！咱们今天的定额该怎么算呢？”林忠说：“别人的以后再研究，你的算成义务工好了！”“你倒很大方！你的哩？”“我的也算义务工！”另一位很正经地说：“说真的，今天的工就是很不好记账！”林忠说：“有什么难记的？这是一次突击抢收，按每个人的底分记还不行？能把咱们的丰产麦抢到手就是很大的便宜！记个工分，吃亏便宜能差多少？”原来和他开玩笑的那个说：“这话真不像你这‘老定额’说的呀？你一家出动着四个劳力，难道不嫌亏吗？”另一个比他年纪大一点的说：“他这几年才成了落窝鸡儿吧，从前还不是能飞能跳的来？咱们跟他去破坏敌人铁路的时候，你问他拧一个道钉多少定额？抬一条铁轨多少定额？挖一方路基、搬一根枕木又都是多少定额？

第 20 頁

沒有定額的事情他幹過的並不太少啊！」原来那一位說：「那是什么時候，如今是什么時候？」支书書記奎原来在一旁听着他们鬥嘴只是笑，及至听到這里，他就插上話。他說：「那是革命時候，如今还是革命時候！」「民主革命時候还能跟社會主義建設時候一樣嗎？」「誰說完全一樣？從前沒有定額如今不是有了定額了嗎？可是有了定額也不是就不要革命精神了！」……他们就是這樣半開玩笑半辯論着吃過了這頓燒餅。

飯後，林忠回到隊部，拿住他放在桌上已經乾了尖的水筆，插進自己的衣口袋里，拿起那張未完成的定額表来看着說：「盡在這上边打小算盤，真是他媽的落窩鷄！」說着便揉了一揉丢進字紙簍里。

一九五九年九月十一日

25×20=500

289

没有定额的事情他干过的并不太少啊！”原来那一位说：“那是什么时候，如今是什么时候？”支书李占奎原来在一旁听着他们斗嘴只是笑，及至听到这里，他就插上话。他说：“那是革命时候，如今还是革命时候！”“民主革命时候还能跟社会主义建设时候一样吗？”“谁说完全一样？从前没有定额如今不是有了定额了吗？可是有了定额也不是就不要革命精神了！”……他们就是这样半开玩笑半辩论着吃过了这顿烧饼。

饭后，林忠回到队部，套住他放在桌上已经干了尖的水笔插进自己的衣口袋里，拿起那张未完成的定额表来看着说：“尽在这上边打小算盘，真是他妈的落窝鸡！”说着便揉了一揉丢进字纸篓里。

一九五九年九月十一日

套不住的手

1960

第 1 页　　头长通栏占15行　　6206

文用五号字，二栏排，每栏41行，每行18字。

套不住的手　　赵树理　一〇千

白云岗公社大磨岭大队有个教练组，组长叫陈秉正。

大磨岭是白云岗山区一个山头。山的顶顶露在土外边的是直径三十来步长的整块崖石，周围地像一盘磨顶的大磨；崖石以外便是围绕着这崖石一环比一环大、一环比一环低的环形梯田；在五六级以下，东边和南边有山洪冲成的壑子把环形隔断，形成各自成块的梯田；壑子越往下越宽，形成两条河沟。山下，东南、东北和西北三面有三个庄子，一共有一百五六十户人家，總的庄名都叫"大磨岭"，西北庄姓郝的多，叫"郝家"；东北庄姓王的多，叫"王家"；东南庄姓陈的多，叫"陈家"。在公社化以前，这三个庄共是一个高级社；公社化后，也们算一个大队，叫"大磨岭大队"。

这个大队有个教练组是高级社时期新成立了的（一九五六年），任务是教初参加农业生产的人们学技术。当高级化的那一年，有些素不参加农业生产的妇女和青年学生（初动员参加了农业生产），做的活很不像样，主任陈满红提议组织一个教练组，选两个做活质量最高的老农民当教师，选一部分产量不高、做不好也不太可惜的地作为教练场，来训练初参加生产的人。这个建议经管理委员会通过后，就把大磨岭顶上的

全

25×20=500

3490　文学 47—54　刘[illegible]　047　6

套不住的手

白云岗公社大磨岭大队有个教练组，是高级社时期就成立了的，任务是教初参加农业生产的人们学技术。当一九五六年高级化的那一会，有些素不参加农业生产的妇女和青年学生被动员参加了农业生产，做的活很不合规格，主任陈满红提议组织一个教练组，选两个做活质量最高的老农民当教师，选一部分产量不高、做不好也不太可惜的地作为教练场，来训练这些人。这个建议经管理委员会通过后，就把大磨岭顶上的

第 2 頁

幾十畝薄地和南边溝里幾塊小園地選作教練場，又選了兩個教師——一個是主任陳滿紅的父親陳秉正，另一個是種園地的老人叫王新春。陳秉正兼任組長，王新春兼任副組長，組員是流動的，經常分配在各小隊，遇上了教練自己不會做或者做不好的活计的時候才來學。訓練的對象雖說是初參加生產的人，可是也有例外：第一是經常參加生產而對某一種活计作得不好的，在教練那種活计的時候，自動報名來學習；第二是對某種活计做不好或者能做好也不做好的人，經小隊評議為需要學習，就送來學習——在學習期間，每個勞動日是打六折記工分的。故意不做好活被送來學習也可以算是一種小小的懲罰。

組長陳秉正已經是七十六歲的老人了。按一般慣例，這樣大歲數的人本來早就該不參加主要勞動，可是這老頭身體特別強健，在年輕時候一個人可以頂一個半人做活；如今雖說老了，一般青年小伙子還有些比不上他。一九五八年冬天，大隊成立起敬老院，經過評議，請陳秉正老人退休入院。這老人只進去了三天，就覺着只做那些揭麻皮、揀棉花之類的輕微勞動，有氣力沒處使，所以又自動要求出院，依舊當他的教練組長。

公社化後，大磨嶺算一個大隊，大隊長仍選的是陳滿紅。

25×20=500

048

几十亩薄地和南边沟里几块小园地选作教练场，又选了两个教师——一个是主任陈满红的父亲陈秉正，另一个是种园地的老人叫王新春。陈秉正兼任组长，王新春兼任副组长，组员是流动的，经常分配在各小队，遇上了教练自己不会做或者做不好的活计的时候才来学。训练的对象虽说是初参加生产的人，可是也有例外：第一是经常参加生产而对于某一种活计作（做）得不好的，在教练那种活计的时候，自动报名来学习；第二是对某种活计做不好或者能做好也不做好的人，经小队评议为需要学习，就送来学习——在学习期间，每个劳动日是打六折记工分的。故意不做好活被送来学习也可以算是一种小小的惩罚。

组长陈秉正已经是七十六岁的老人了。按一般惯例，这样大岁数的人本来早就该不参加主要劳动，可是这老头身体特别强健，在年轻时候一个人可以抵一个半人做活；如今虽说老了，一般青年小伙子还有点比不上他。一九五八年冬天，公社化后，大磨岭算一个大队，大队长仍选的是陈满红。大队成立起敬老院，经过评议，请陈秉正老人退休入院。这老人只进去了三天，就觉着只做那些揭麻皮、拣棉花之类的轻微劳动，有气力没处使，所以又自动要求出院，依旧当他的教练组长。

第 3 頁

陳秉正老人的老技術，不但在大磨嶺是第一，就整個向雲崗山區來說也是曾被評為特等模範的。經他手壘過的石頭地堰從來也不會塌豁兒；經他手壓的熏肥窖，從來也不會半路息了火；至於犁、種、鋤、收那些普通活計，更是沒有一樣會落在馬下的。

他在教練組里教人做活，不但要求規格，而且首先要教架式。他說架式不對就不會做出合乎規格的活兒來。例如鋤二遍地，他要求的架式是：腰要彎到一定的度數；一定要斜身側步，不許亂動腳；兩手要攥緊鋤把，叫每一鋤下去都有準，不許讓鋤頭自己亂動，規格是：一定要鋤到莊稼根邊，不許埋住生地皮；在莊稼根上擁土，儘可能做到三鋤擁一個堆，要平頂不要尖頂。在開始教的時候，他先做榜樣，讓徒弟們跟着在一邊看。他一邊做一邊講，往往要重複講十幾遍，然後才讓大家動手他跟着看。因為規律太多，徒弟們記着這樣忘了那樣，有時腰太直了，有時候步子亂了，有時候下鋤沒有計劃，該是一下就能办的事卻幾下不得解決問題……陳秉正老人不住口地提醒着這一個，招呼着那一個，也往往隨時打斷他們的工作重新示範。

村裡有個人叫郝和合，半輩子常是直着腰鋤地，鋤一鋤陈秉正老人的老技术，不但在大磨岭是第一，就整个白云岗山区来说也是曾被评为特等模范的。经他手垒过的石头地堰，从来也不会塌壑儿；经他手压的熏肥窖，从来也不会半路息（熄）了火；至于犁、种、锄、收那些普通活计，更是没有一样会落在马下的。

他在教练组里教人做活，不但要要求规格，而且首先要教架式。他说架式不对就不会做出合乎规格的活儿来。例如锄二遍地，他要求的架式是：腰要弯到一定的度数；一定要斜身侧步，不许乱动脚；两手要攥紧锄把，叫每一锄下去都有准，不许让锄头自己颤动，规格是：一定要锄到庄稼根边，不许埋住生地皮；在庄稼根上拥土，尽可能做到整整齐齐三锄拥一个堆，要平顶不要尖顶。在开始教的时候，他先做榜样，让徒弟们在一边跟着看。他一边做一边讲，往往要重复讲十几遍，然后才让大家动手他跟着看。因为格律太多，徒弟们记着这样忘了那样，有时腰太直了，有时候步子乱了，有时候下锄没有计划，该是一下就能办的事却几下不得解决问题……陈秉正老人不住口地提醒着这一个，招呼着那一个，也往往随时打断他们的工作重新示范。

有个人叫郝和合，半辈子常是直着腰锄地，锄一锄

第 4 頁

鋤頭蹦三蹦，鋤頭蹦到草上就鋤了草、蹦到苗上就傷了苗。教練組成立以後，小隊里評議讓他到組里受訓。他來的時候，老組長陳秉正照例教給他鋤地的架式，只是這個人外號"哈々々"，帶幾分懶漢性，彎下腰去鋤不了幾鋤就又直起腰來。陳秉正這老人也有些創造性，第三天回去把自己家里閑着的一個鋤頭，安了三尺來長一個短把子給郝和合說："你這彎不下腰去的習慣，只有用這短把子鋤頭，才能徹底改正。"郝和合一換鋤頭果然改正了——因為三尺來長的鋤把，要不彎腰，根本搭不着地皮。後來各小隊知道了這個办法，都準備了幾張短把鋤子，专门叫給那些沒有彎腰習慣的人用。

徒弟們練架式練得累了，老組長陳秉正便和他們休息一陣子。相隔八九段梯田下边的溝岸上，有副組長王新春領着另一批徒弟在那里教練種園地。在休息時候，上下常好打個招呼，兩個老人好到一塊吸袋旱烟閑談一会；徒弟們也好湊在一處讀一讀小報，或者說々笑々。陳秉正一見王新春就伸出手來和他握手，王新春却常是縮回手去躲開。王新春比陳秉正小十來歲，和陳很友好，就是怕和他握手，因為一被他握住像被鉗子挾住那樣疼。

25×20=500

050

锄头蹦（碰）三蹦（碰），锄头蹦（碰）到草上就锄了草，蹦（碰）到苗上就伤了苗。教练组成立以后，小队里评议让他到组里受训。他来的时候，老组长陈秉正照例教给他锄地的架式，只是这个人外号“哈哈哈”，带几分懒汉性，弯下腰去锄不了几锄就又直起腰来。陈秉正这老人也有点创造性，第二天回去把自己家里闲着的一个锄头，安了三尺来长一个短把子给郝和合说：“你这弯不下腰去的习惯，只有用这短把子锄头，才能彻底改正。”郝和合一换锄头果然改正了——因为三尺来长的锄把，要不弯腰，根本探不着地皮。后来各小队知道了这个办法，都准备了几张短把锄头，专门叫给那些没有弯腰习惯的人用。

徒弟们练架式练得累了，老组长陈秉正便和他们休息一阵子。相隔八九段梯田下边的沟岸上，有副组长王新春领着另一批徒弟在那里教练种园地。在休息时候，上下常好打个招呼，两个老人好到一块吸着旱烟闲谈一会；徒弟们也好凑在一处读一读小报，或者说说笑笑。陈秉正一见王新春就伸出手来和他握手，王新春却常是缩回手去躲开。王新春比陈秉正小十来岁，和陈很友好，就是怕和他握手，因为一被他握住像被钳子挟住那样疼。

第 5 頁

有一次休息時候，陈秉正叫王新春上去吸煙。陈秉正是用火鐮子打火的，王新春說："燒一堆柴火吸着多痛快！"一個新参加学習的中学生听說，忙幫他们在就近撿柴，却找不到什么东西，只撿了二寸來長兩段乾柿樹枝。王新春笑了笑說："不用找！你陈家爺爺有柴！"那個学生看了看，沒有看到什么柴。陈秉正老人也說了個"有柴"，不慌不忙放下火鐮子，連看也不看，用兩隻手在身边左右的土里抓了一陣，不知道是些什么树皮皮、禾根根抓了兩大把；王新春老人擦着洋火點着，陈老人就又抓了兩把蓋在上面。那個学生看了說："這個办法倒不錯！"說着自己就也去抓。陈老人說："慢慢慢！你可不要抓！"可是這一擱稍慢了點，那個学生的中指已經被什么东西刺破了，馬上縮回手去。王新春說："你這孩子！你是什么手，他是什么手？他的手跟鉄耙一樣，什么棘針蒺藜都刺不破它！"

那個学生一边揉着自己的中指，一边看着陈老人的手，只见那兩隻手確實和一般人的手不同：手掌好像四方的，指頭粗而短，而且每一根指頭都展不直，里外都是繭皮，圓圓的指頭肚兒都像半個蚕繭上安了個指甲，整個看来真像用树枝做成的小耙子。不過他对這一隻手，並不

25×20=500

051

有一次休息时候，陈秉正叫王新春上去吸烟。陈秉正是用火镰子打火的，王新春说：“烧一堆柴火吸着多痛快！”一个新参加学习的中学生听说，忙帮他们在就近捡柴，却找不到什么东西，只捡了二寸来长两段干柿树枝。王新春笑了笑说：“不用找！你陈家爷爷有柴！”那个学生看了看，没有看到什么柴。陈秉正老人也说了个“有柴”，不慌不忙地放下火镰子，连看也不看，用两只手在身边左右的土里抓了一阵，不知道是些什么树皮皮、禾根根抓了两大把；王新春老人擦着洋火点着，陈老人就又抓了两把盖在上面。那个学生看了说：“这个办法倒不错！”说着自己就也去抓。陈老人说：“慢慢慢！你可不要抓！”可是这一拦拦得慢了点，那个学生的中指已经被什么东西刺破了，马上缩回手去。王新春说：“你这孩子！你是什么手，他是什么手？他的手跟铁耙一样，什么棘针蒺藜都刺不破它！”

那个学生，一边揉着自己的中指，一边看着陈老人的手，只见那两只手确实和一般人的手不同：手掌好像四方的，指头粗而短，而且每一根指头都展不直，里外都是茧皮，圆圆的指头肚儿都像半个蚕茧上安了个指甲，整个看来真像用树枝做成的小耙子。不过他对这一双手，并不是欣賞而是有些鄙視，好像說"那怎么能算'手'哩"。

學生的神情，兩個老人都看出來了。陳秉正老人沒有理他，只是自豪地笑了一下就拿起自己的旱煙袋來去吸煙，王新春老人點著煙之後卻教訓起這個青年人來。他說："小伙子！你不要看不起那兩隻手！沒有那兩隻手，咱們現在種的這塊綠場恐怕還是荒坡哩！這山是本家地主王子裕的，山頂上這十幾段地，聽老人們說從光緒三年就荒了，一直荒到宣統三年。當年向我們兩家都沒有寸壟田地，他給王子裕家當長工，我給王子裕家放牛。後來他來這里開荒，我長大了從放牛孩子升成長工，跟著老領工在大河灘學著種園地。這些地都是他老哥和咱們現在的大隊長他們父子倆一鑊頭一鑊頭刨開、一條堰一條堰壘起來的。沒有那兩隻手，這里還不是一片荒坡嗎？"

七堰

~~一個小女孩子問："你怎么不去開荒坡呢？開了地就有了地了嗎？有了地不是就能不當長工了嗎？"另一個青年說：~~

~~一個青年婦女問："陳爺爺！你是種山地出身，怎么也會種園地？"~~

那個學生雖然對他自己那種鄙視的神情表示有些後悔，可是他除了不願當面認錯，反而還自我解嘲地說："怨不得我們學習

25×20=500

是欣赏而是有点鄙视，好像说“那怎么能算‘手’哩”。

学生的神情，两个老人都看出来了。陈秉正老人没有理他，只是自豪地笑了一下就拿起自己的旱烟袋来去吸烟，王新春老人点着烟之后却教训起这个青年人来。他说：“小伙子！你不要看不起那两只手！没有那两只手，咱们现在种的这教练场恐怕还是荒坡哩！这山是地主王子裕的，山顶上这十几段地，听老人们说从光绪三年就荒了，一直荒到宣统三年。当年间我们两家都没有寸垄田地，他给王子裕家当长工、我给王子裕家放牛。后来他来这里开荒，我长大了从放牛孩子升成长工，跟着老领工在大河滩学着种园地。这些地都是他老哥和咱们现在的大队长他们父子俩一镬头一镬头刨开、一条堰一条堰垒起来的。没有那两只手，这里还不是一片荒坡吗？”

那个学生虽然对他自己那种鄙视的表示有点后悔，可是他除了不愿当面认错，反而还自我解嘲地说：“怨不得我们学习懂懂，原來就沒有那樣的手！”

陳秉正老人一本正經地教訓他說：“是叫你們學成我這手，不是叫你們長成我這手！不是開山，我這手也長不成這樣；不過上輩人把山都開了，以後又要機械化了，你們的手用不着再長成這樣了！”

陳老人雖然不希望別人的手長成那樣，可是他對他自己已經長成那樣的一雙手，仍然覺着是足以自豪的。他這雙手不但堅硬，而且靈巧。他愛編織，常用荊條編成各色各樣的生產用具，也會用高粱稈子編成各色各樣的兒童玩具。他紮成的“叫哥哥”籠子，是有門有窗又分樓上樓下的小樓房，二寸見方的小窗戶上，窗格子還能做成好多不同角度的圖案，圖案中間的小窟窿，連個蜜蜂也鑽不過去。他編生產用具的時候，破荊條不用那個牛角塞子，只用把荊條分作三股，把食指塞在中間當塞子，吱吱吱……就破開了，而他的手沒一點也磨不傷；可是用高粱稈子他做起細活計來，細得真想不到是用這樣一雙手做成的。

土改以後，經過互助、合作一直到公社化了，陳秉正老漢家里的生活也豐裕起來了。一九五九年冬天，兒孫們為了保護老人那雙勞苦功高的手，給他買了一雙絨手套。他接過來一看說：“這雙手可還沒有享過這個福！”向手上試着套了得慢，原来就没有那样的手！”

陈秉正老人一本正经地教训他说：“是叫你们学成我这手，不是叫你们长成我这手！不是开山，我这手也长不成这样；不过上辈人把山都开了，以后又要机械化了，你们的手用不着再长成这样了！”

陈老人虽然不希望别人的手长成那样，可是他对他自己已经长成那样的一双手，仍然觉着是足以自豪的。他这双手不但坚硬，而且灵巧。他爱编织，常用荆条编成各色各样的生产用具，也会用高粱秆子编成各色各样的儿童玩具。当他编生产用具的时候，破荆条不用那个牛角塞子，只用把荆条分作三股，把食指塞在中间当塞子，吱吱吱……就破开了，而他的手皮一点也磨不伤；可是他做起细活计来，细得真想不到是用这两只手作（做）成的。他用高粱秆子扎成的“叫哥哥”[1]笼子，是有门有窗又分楼上楼下的小楼房，二寸见方的小窗户上，窗格子还能做成好多不同角度的图案，图案中间的小窟窿，连个蜜蜂也钻不过去。

土改以后，经过互助、合作一直到公社化了，陈秉正老汉家里的收入也丰裕起来了。一九五九年冬天，儿孙们为了保护老人那双劳苦功高的手，给他买了一双毛线手套。他接过来一看说：“这双手可还没有享过这个福！”向手上试着套了

[1] “叫哥哥”意为蝈蝈。

一套，巴掌不夠寬，指頭也太细、太长，勉強套上去，把巴掌那一部分撑成方的了，指頭的部分下半截都撑粗了一點，上半截却都还有個空尖兒。兒子陳滿紅說：“慢慢用着就会適了！”老人帶好了握了握、伸了伸說：“还好！”說罷，卸下来交給滿紅媳婦說：“暂且給我放過去吧！”滿紅媳婦說：“爹！你就带上去吧！到地里手不冷？”老人說：“在溝里閘谷坻，带上它搬石頭不利落！”說着就放下去了。以後谷坻閘完了，别的活兒又陸續接上来——鋤乾草、出羊圈、窖蘿蔔、剥玉米……哪一種活兒也不好带着手套做，老人也就忘了自己还有一雙手套。

一天，白雲崗有個物資交流会。滿紅媳婦劝老人說：“现在這些雜活计又不用你教多少技術，你还是休息一天去逛逛会吧！”老人答应了。老人换了一件新棉袄，用新腰带束住腰。滿紅媳婦說：“這回可帶上你的手套吧！”說着把手套給他拿出来，他帶上去了。

大磨领村子小，沒有供銷分社。老人穿着新衣服、带着手套到街上去逛，村里人見他要到白雲崗去，就有些人托他捎買東西，東家三两油、西家二斤鹽，湊起来两隻手就拿不了，借了鄰家一個小篮子提着。他走到白雲崗，逛了半條街，走到供銷社门口，把給别人捎買的日用品買全

25×20=500

054

一套，巴掌不够宽，指头也太细、太长，勉强套上去，把巴掌那一部分撑成方的了，指头的部分下半截都撑粗了一点，上半截却都还有个空尖儿。儿子陈满红说："慢慢用着就合适了！"老人带（戴）好了握了握、伸了伸说："还好！"说罢，卸下来交给满红媳妇说："暂且给我放过去吧！"满红媳妇说："爹！你就带上走吧！到地里手不冷？"老人说："在沟里闸谷坊，带（戴）上它搬石头不利落！"说着就放下走了。以后谷坊闸完了，别的活儿又陆续接上来——铡干草、出羊圈、窖萝卜、捶玉米……哪一种活儿也不好带（戴）着手套做，老人也就忘了自己还有一双手套。

一天，白云岗有个物资交流会。满红媳妇劝老人说："现在这些杂活计又不用你教多少技术，你还是休息一天去逛逛会吧！"老人答应了。老人换了一件新棉袄，用新腰带束住腰。满红媳妇说："这回可带（戴）上你的手套吧！"说着把手套给他拿出来，他带（戴）上走了。

大磨岭村子小，没有供销分社。老人穿着新衣服、带（戴）着手套打街上走过，村里人见他要到白云岗去，就有些人托他捎买东西，东家三两油、西家二斤盐，凑起来两只手就拿不了，借了邻家一个小篮子提着。他走到白云岗，逛了半条街，走到供销社门口，把给别人捎买的日用品买全

第 9 頁

了又向前街走，刚走過公社门口，看见山货部新運来一車桑杈，售货员忙着正往車下搬。這东西在這地方已经二年不见了，不論哪個隊原有的都不够用。他覺着機会不可錯過。他自己身上沒有帶錢，想起滿红在公社开会也許有帶的錢。他跑到公社向滿红一説，滿红説：“噢！那可是宝贝，趕快買！”説着從衣口袋里掏出五十塊錢来遞給他。老人拿上錢就到山货部来挑桑杈。老人对農具很講究，從来见不得有毛病的。他把手套卸下来往怀里一裝，拿起一柄来把杈頭放在地上試着三股子平不平、有力沒力、頭正不正、把彎不彎。他連一柄还沒有看完，就来了十来個人，每人拿着一柄看；轉眼工夫，買杈的越来越多，連在公社开会的大隊長們也暫時休了会出来買杈。這些人也不挑三揀四，問明了價錢就拿。陈秉正老人見情况緊張起来，也不敢再按自己的規格挑選，胡乱揀到手五柄，其餘的就叫别人拿完了。他付了錢，把杈綑起来扛上，提起小篮子来擠出山货部，因為东西夠拿了，他也無心再逛那半條街，就返回原路走出白雲岗村。一出了村，他覺人也不擠了、路也寛敞了，這才伸手到懷里摸他的手套。他摸了半天只有一隻；放下篮子和桑杈，解開腰带抖摟了一下，也仍然不見那一隻。他知道一定是丢在山货部里了

25×20=500

文字 55—62

了又向前走，刚走过公社门口，看见山货部新运来一车桑杈，售货员忙着正往车下搬。这东西在这地方已经二年不见了，不论哪个队原有的都不够用。他以为机会不可错过。他自己身上没有带钱，想起满红在公社开会也许有带的钱。他跑到公社向满红一说，满红说："噢！哟！那可是宝贝，赶快买！"说着从口袋里掏出五十块钱来递给他。老人拿上钱就到山货部来挑桑杈。老人对农具很讲究，从来见不得有毛病的。他把手套卸下来往怀里一装，拿起一柄来把杈头放在地上试看三股子平不平、有力没力、头正不正、把弯不弯。他连一柄还没有看完，就来了十来个人，每人拿着一柄看；转眼工夫，买杈的越来越多，连在公社开会的大队长们也暂时休了会出来买杈。这些人也不挑三拣四，问明了价钱就拿。陈秉正老人见情况紧张起来，也不敢再按自己的规格挑选，胡乱抢到手五柄，其余的就叫别人拿完了。他付了钱，把杈捆起来扛上，提起小篮子来挤出山货部，因为东西够拿了，他也无心再逛那半条街，就返回原路走出白云岗村。一出了村，他觉人也不挤了、路也宽敞了，这才伸手到怀里摸他的手套。他摸了半天只有一只；放下篮子和桑杈，解开腰带抖搜了一下，也仍然不见那一只。他知道一定是丢在山货部里了

第 10 頁

。他想："丢就丢了吧！一年上它也没有多少带它的时候！"于是他又扛起锄杈、提起小篮子继续往家走；可是走了不几步，又想到："孩子们好心好意给买上了，丢了连找也不找一趟，未免对不起他们"，这才又扭回头来重新返回向雪岗物资交流大会上的山货部来。幸而售货员早已给他拾起来放在账桌上，见他来找就还了他。

隔了好久，陈秉正老人又被评选为本年的劳动模范，要到县里去出席劳模大会。这一次他除穿上新棉袄和新腰带外，自然又该是带手套的时候了，又把他的手套带上。

大磨岭离县城四十里，冬天的白天又短，陈秉正老汉吃过早饭起程，直走到太阳快落山才到。这一天只是报到的日期。老人到县后，先找着报到处报了名、领了出席证，然后就去找晚上住宿的招待所。他半年没有进县城，县城里已经大变了样——街道放宽了，马路也压光了，他们往年来开会住的破破烂烂的招待所已经彻底改修过，变成一排一排的新砖瓦房了。他进入招待所的时候，天已经黑了；后边几排房子靠甬道两旁的窗户里都闪出灯光，一看就知道里边已经住下了人；前三排的窗户，也有明的、也有黑的。他到传达室登记了名字，招待员领

25×20=500

056

。他想：“丢就丢了吧！拿上它也没有多少带（戴）它的时候！”于是他又束好了腰、扛起桑杈、提起小篮子继续往家走；可是走了不几步，就又想到“孩子们好心好意给买上了，丢了连找也不找一趟，未免对不起他们”，这才又扭回头来重新返回白云岗物资交流大会上的山货部来。幸而售货员早已给他拾起来放在账桌上，见他来找就还了他。

隔了好久，陈秉正老人被评选为本年的劳动模范，要到县里去出席劳模大会。这自然又该是他带（戴）一次手套的时候。他除换上新棉袄和新腰带外，又把他的手套带（戴）上。

大磨岭离县城四十里，冬天的白天又短，陈秉正老汉从吃过早饭起程，直走到太阳快落山才到。这一天只是报到的日期。老人到县后，先找着报到处报了名、领了出席证，然后就去找晚上住宿的招待所。他半年没有进县城，县城里已经大变了样——街道改宽了，马路也压光了，他们往年来开会住的破破烂烂的招待所，已经彻底改修成一排一排崭新的砖瓦房了。他进入招待所的时候，天已经黑了，后边几排房子靠甬道两旁的窗户里都闪出灯光，一看就知道里边已经住下了人；前三排的窗户，也有明的、也有黑的。他到传达室登记了名字，招待员领

第 11 页

他往西二排五号去。他走到西二排，见只有最西边的六号房间窗上有灯光，其余都还是黑的；脚底下踩着些软一块硬一块的东西，也不知道是些什么。招待员向他说：“小心点老人家！这房子刚修好，完了工还不到一礼拜，院子还没有清理完哩！——这边些，那里是个石灰池！——靠墙走，那里还有两截木料……”走到五号门口，招待员开了门先进去开了灯，才把老人让进去。老人一看，房子里挺乾净，火炉子也燃得很旺，靠窗前一张桌子、两把椅子、一条板凳，后边靠东西墙一边排着两张床，门窗还不曾油漆过，墙好像才粉刷了，经火炉子一烘还有些湿味儿。老人看了看床铺说：“一个房间住四个人吗？”招待员说：“四个人！”“这次会议住得满住不满？”“都来了差不多住满了！路远的还没有赶到哩！你休息一下吧！我给你打水来洗洗脸！”一会，招待员打来了水，老人洗着脸，路远的人也陆续来着，西二排的房子就也都住满了。五号房间除了老人以外，又住了三位青年，老人和他们彼此作了自我介绍。

会议一共开三天半，老人又是听报告、又是准备发言，和大家一样忙个不了，直到第四天上午听罢了部长的总结报告，才算了结了一宗事。下午，离县城近一些的就都回

25×20=500

057

他往西二排五号去。他走到西二排，见只有最西边的六号房间窗上有灯光，其余都还是黑的；脚底下踩着些软一块硬一块的东西，也不知道是些什么。招待员向他说：“小心点老人家！这房子刚修好，交了工还不到一礼拜，院子还没有清理完哩！——这边些，那里是个石灰池！——靠墙走，那里还有两截木料……”走到五号门口，招待员开了门先进去开了灯，才把老人让进去。老人一看，房子里挺干净，火炉子也燃得很旺，靠窗前一张桌子、两把椅子、一条板凳，后面靠东西墙一边排着两张床，门窗还不曾油漆过，墙好像才粉刷了，经火炉子一熏还有点湿味儿。老人看了看床位说：“一个房间住四个人吗？”招待员说：“四个人！”“这次会议住得满住不满？”“都来了差不多住满了！路远的还没有赶到哩！你休息一下吧！我给你打水来洗洗脸！”一会，招待员打来了水，老人洗着脸，路远的人也陆续来着，西二排的房子就也都住满了。五号房间除了老人以外，又住了三位青年，老人和他们彼此作了自我介绍。

会议一共开三天半，老人又是听报告、又是准备发言，和大家一样忙个不了。直到第四天上午听罢了县委的总结报告，才算了结了一宗事。下午，离县城近一点的就都回

第12頁

村去了，路遠的就得再住一宿。陳秉正老人離家四十里，说遠也不算遠，说近可也不近，要是青年人，趕一趕也可以在天黑趕到，老人究竟是上了年紀的人，不想摸黑，也就準備多住這半天了。

吃過了午飯，住下來的人們差不多都想上街逛逛。老人回到西二排五號房間里，見和自己同住的三個青年，配着四號一個人打撲克玩。老人問：“你們不上街去？”一個青年回答說：“你先去吧老爺爺！我們過一會去！”老人束上腰帶，帶上手套，便走出房間。因為院里兩截剩餘木料碍着路，走過四號門口，便得擦着三號的墻根走，他總覺着太不順當。他想：“把它轉過一边不就好走了嗎？可是轉到什么地方好呢？”他蹲在四號門边來看空子，覺着只有轉到石灰池的南边好一點，看準了，把手套卸下來放在階台上，就來動手轉木料。這一截木料是截去兩頭中間留下來的一段盤節，又粗又短又彎又扁，很不好轉動。老人很費了點氣力才搬起來，轉了一個過就又跌死了。老人想找個幫手，敲了敲四號的門，四號的人都出去了，這才又回到五號來向那幾個青年說：“同志們！你們幫一下，咱們把院里那兩截木頭轉到一边讓走路痛快點好不好？”“好！我昨天還試了一下，沒有轉動了！”一

25×20=500

村去了，路远的就得再住一宿。陈秉正老人离家四十里，说远也不算远，说近可也不近，要是青年人，赶一赶也可以在天黑赶到，老人究竟是上了年纪的人，不想摸黑，也就准备多住这半天了。

吃过了午饭，住下来的人们差不多都想上街逛逛。老人回到西二排五号房间里，见和自己同住的三个青年，配着四号一个人打扑克玩。老人问："你们不上街去？"一个青年回答说："你先去吧老爷爷！我们过一会去！"老人束上腰带，带（戴）上手套，便走出房间。因为院里两截剩余木料碍着路，走过四号门口，便得擦着三号的墙根走，他总觉着太不顺当。他想："把它转过一边不就好走了吗？可是转到什么地方好呢？"他蹲在四号门边来看空子，觉着只有转到石灰池的南边好一点，看准了，把手套卸下来放在阶台上，就来动手转木料。这一截木料是截去两头、中间留下来的一段盘节，又粗又短又弯又扁，很不好转动。老人很费了点气力才掀起来，转了一个过就又跌死了。老人想找个帮手，敲了敲四号的门，四号的人都出去了，这才又回到五号来向那几个青年说："同志们！你们帮一下，咱们把院里那两截木头转到一边让走路痛快点好不好？""好！我昨天还试了一下，没有转动了！"一個青年答應着，放下手里的牌；其他三個也都同声答應着站起来往外走；老人從窑子解了腰帶脫下他的新棉袄来放在床上，就跟着走出来了。

老人和青年們一同去轉動木料，一個青年擋住他說："你歇歇吧！不夠我們轉！"短短一截木頭，四個人就護滿了，老人插不上手，只好讓他們轉，而自己去搬動另一截。青年們把那一截粗而短的轉過去，回頭看見老人搬動另一截，一個青年又擋住他說："老爺爺你歇歇吧！這一截可以抬起来走！"另一個青年就走過来和這個青年抬。這一截比那一截長一些，可是一頭粗一頭細，抬細頭的抬起来了，抬粗頭的吃動一把沒有動，連声說："不行不行"就放了手。抬細頭的見他抬不起来，正要往下放，老人說："我来！"說着彎下腰去兩手托住，兩腿擺成騎馬架式，兩肩一聳，利利落落抬起来。起先来抬的那個青年，看着另外一個青年豎了豎大拇指頭，然後兩個人一齊搶過来接住說："老爺爺真行！你上年紀了，還是我們来吧！"

一個招待員提着茶壺来送水，見他們抬木料，忙說："謝謝你們！我們来吧！""算不了什么！""在開会以前，我們只剩前三排院子沒有趕上清理完，開会期間又顧不上做它，等明天早晨你們一走，我們幾個人用不了兩天个青年答应着，放下手里的牌；其他三个也都同声答应着站起来往外走；老人趁空子解了腰带［、］脱下他的新棉袄来放在床上，就跟着走出来了。

老人和青年们一同去转动木料，一个青年拦住他说："你歇歇吧！不够我们转！"短短一截木头，四个人就护满了，老人插不上手，只好让他们转，而自己去搬动另一截。青年们把那一截粗而短的转过去，回头看见老人搬动另一截，一个青年又拦住他说："老爷爷你歇歇吧！这一截可以抬起来走！"另一个青年就走过来和这个青年抬。这一截比那一截长一点，可是一头粗一头细，抬细头的抬起来了，抬粗头的吃劲一托没有动，连声说"不行不行"就放了手。抬细头的见他抬不起来，正要往下放，老人说："我来！"说着弯下腰去两手托住，两腿摆成骑马架式，两肩一耸，利利落落抬起来。起先来抬的那个青年，看着另外一个青年竖了竖大拇指头，然后两个人一齐抢过来接住说："老爷爷真行！你上年纪了，还是我们来吧！"

一个招待员提着茶壶来送水，见他们抬木料，忙说："谢谢你们！我们来吧！""算不了什么！""在开会以前，我们只剩前三排院子没有赶上清理完，开会期间又顾不上做它，等明天早晨你们一走，我们几个人用不了两天

第 14 页

就清理完了！”陈秉正老人说：“为什么要等到我们走了才做呢？我们的会开完了，现在不是正好帮你们清理院子吗？”招待员说“不便劳驾”，陈老人和青年们说完全可以。其他房间里还没有上街的同志们听见说到帮助招待员清理院子，大家都从房间里走出来表示同意。招待员见这情况，赶忙去问经理，大家不等他回来，就去找清理院子的工具。前三排还没有清理，工具就放在东四排的院子里，被他们找来铁锹、扫帚、筐子、抬杆一大堆，马上就动起手来。陈老人要抬筐子，大家看见他的长白胡须，说死说活不让他抬，他也只得拿起扫帚跟着大家扫院子。劳模总是劳模，前三排没有走掉的人见西二排这样做，大家也都照着做起来。不大一会，招待员把招待所经理找来了。经理劝大家休息劝不下去，也就只好号召事务员、会计和每个招待员全体总动员，和劳模们一齐参加劳动。

大家用铁锹铲着院里的残砖破瓦、树皮、锯屑等类的零乱东西，陈老人跟在后边扫尘。老人从西二排院子的西南墙角底上扫起，面朝北一吊沿一吊排过来，扫到六号窗下，看见窗台上还有泥块、鉋花，把扫帚伸上去，因为地方小扫不着，就放下扫帚用他那两只磨不破的手往下扒拉。他又顺东看去，只见每个窗台上都有。

25×20=500

060

就清理完了！”陈秉正老人说：“为什么要等到我们走了才做呢？我们的会开完了，现在不是正好帮你们清理院子吗？”招待员说“不便劳驾”，陈老人和青年们说“完全可以”，其他房间里还没有上街的同志们听见谈到帮助招待员清理院子，大家都从房间里走出来表示同意。招待员见这情况，赶忙去问经理，大家不等他问来，就去找清理院子的工具。前三排还没有清理，工具就放在东四排的院子里，被他们找来铁锹、扫帚、筐子、抬杆一大堆，马上就动起手来。陈老人要抬筐子，大家看见他的长白胡须，说死说活不让他抬，他也只得拿起扫帚跟着大家扫院子。劳模总是劳模，前三排没有走掉的人见西二排这样做，大家也都仿照着做起来。不大一会，招待员把招待所经理找来了。经理劝大家休息劝不下去，也就只好号召事务员、会计和每个招待员全体总动员和劳模们一齐参加劳动。

大家用铁锹拢着院里的残砖、破瓦、树皮、锯屑等类的零乱东西，陈老人跟在后面扫底。老人从西二排院子的西南墙角落上扫起，面朝北一帚沿一帚排过来，扫到六号窗下，看见窗台上还有泥块、刨花，把扫帚伸上去，因为地方小扫不着，就放下扫帚用他那两只磨不破的手往下扒拉。他又顺东看去，只见每个窗台上都有。

第 15 頁

~~一方面暗自埋怨招待员打掃房子時候竟連外边的窗台都掃，一方面~~他沿着六号、五号、四号……把每一個窗台都先扒拉乾淨，然後返回西頭來掃院子。

人多好做活，不過個把鐘頭就把六個院子都清理完了，垃圾都堆在大甬道的两旁，成材的东西都抬到存剩餘材料的後门外，只等夜間有卡车来装載。老人对這成绩欣赏了一陣，覺着這樣一清理，連走路也痛快得多。

~~招待员~~經理、事務员、会記、招待员们一齐给勞模打水洗手臉。大家洗過之後有些人就上街了，陳老人重新穿起新棉襖，束住了腰，伸手去帶手套，才發現又把手套丢了。他順口向那幾個青年說："你们打掃時候可見過一付手套嗎？"有一個答話說："没有見！你放在哪里來？""放在四号门口的階台上！"另一個青年說："有來！我们撥着撥着，看見一團鉋花里好像有一隻手套沾滿了泥土。我還當是~~一隻破手套~~誰扔了的一隻破手套哩！""对！可能是我把四号窗台上的鉋花扒拉下來埋住了它，你们没有看見，給撥到泥土里去了！"老人跑到甬道旁边的垃圾堆里來找，可是光西二排的垃圾就抬了十幾筐，馬上怎么会找到呢？

一個招待员看見了就問："老爺爺你找什么？""我的一付手套撥到這里边去了！""準在嗎？""準在！""準

25×20=500

061

他沿着六号、五号、四号……把每一个窗台都先扒拉干净，然后返回西头来继续扫院子。

人多好做活，不过个把钟头就把六个院子都清理完了，垃圾都堆在大甬道的两旁，成材的东西都抬到存剩余材料的后门外，只等夜间有卡车来装载。老人对这成绩欣赏了一阵，觉着这样一清理，走步路也痛快得多。

经理、事务员、会计、招待员们一齐给劳模打水洗手脸。大家洗过之后有些人就上了街，陈老人重新穿起新棉袄，束住了腰，伸手去带（戴）手套，才发现又把手套丢了。他顺口问那几个青年说："你们打扫时候可见过一副手套吗？"有一个答应说："没有见！你放在哪里来？""放在四号门口的阶台上！"另一个青年说："有来！我们拢着拢着，看见一团刨花里好像有一双手套沾满了泥土。我还当是谁扔了的一双破手套哩！""对！可能是我把四号窗台上的刨花扒拉下来埋住了它，你们没有看见，给拢到泥土里去了！"老人跑到甬道旁边的垃圾堆里来找，可是光西二排的垃圾就抬了几十筐，马上怎么会找到呢？

一个招待员看见了就问："老爷爷你找什么？""我的一副手套拢到这里边去了！""准在吗？""准在！""准

第16頁

在你上街逛去吧，我们给你找！”“不要找它了吧！手套给我没有多大用处！”老人干脆放弃了。

老人逛了几道街，除了看了看几年以前还没有的一些新建筑外，别的东西也无心多看。他想：“我也不买什么、也不卖什么，还在這些店鋪门口轉什么？”想到這里，也就回招待所来了。他回到招待所，天还不黑，同房间的青年们都还没有回来。一個招待员给他开了门，告他说手套找到了。他到房间里一看，静静的火炉子依舊很旺，招待员已经给他把手套洗得乾乾净净的，搭在靠近火炉的一個椅背上，都快烘乾了。

第二天他回到家，换過衣服之后便把手套还给满红媳妇说：“這付手套还是给你们吧！我這雙手是带不住手套的！”

（蒋采平 潘世勋 插图）

王黑

25×20=500

062

在你上街逛去吧，我们给你找！”“不要找它了吧！手套给我没有多大用处！”老人干脆放弃了。

老人逛了几条街，除看了看半年以前还没有的一些新建筑外，别的东西也无心多看。他想：“我也不买什么、（，）也不卖什么，净在这些店铺门口转什么？”想到这里，也就回招待所来了。他回到招待所，天还不黑，同房间的青年们都还没有回来。一个招待员给他开了门，告他说手套找到了。他到房间里一看，静静的火炉子依旧很旺，招待员已经给他把手套洗得干干净净的，搭在靠近火炉的一个椅背上，都快烘干了。

第二天他回到家，换过衣服之后便把手套还给满红媳妇说：“这副手套还给你们吧！我这双手是带（戴）不住手套的！”

卖烟叶

1963

头方——卖烟叶——赵树理——三号仿

人民文学1964年2月 号稿
文用5号字 二栏排每栏41行
每行18字 （总第 篇）

第 1 頁

老五里——她也想寫作

王蘭本來是個思想、身体両健康的姑娘，向來都是白天勞動[redacted]得很豪爽，晚上睡得很香甜，可是接到賈鴻年的“萬言書”這天晚上變了樣子，[redacted]直到半夜還沒有睡着。這也很難怪：一個人要徹底修改自己的終身大計，總不是個輕而易舉的事，任憑王蘭怎樣直爽，也不能只把那半截信一揉一團就算了事。且不說以後怎樣，當前一個小問題就够王蘭招架。一年前，王蘭舅舅家那個村子里，有個青年想通過王蘭媽媽的關係和王蘭訂婚。王蘭媽媽思想上有點守舊，當時把這門親事答應下來，後來經過王蘭多次說服，直到和賈鴻年的關係明朗化了才算丟開。那边丟開了，這边可又造成了麻煩：王蘭和賈鴻年的關係，因為賈鴻年來過一次，在家里住過両天，不但在家里明朗化了，而且村里的青年們中間也略有風聞，和王蘭接近的婦女們有時候拿這事開開玩笑，王蘭也沒有反對過，現在突然來個改天換地，也讓王蘭覺着在應酬方面不好轉彎。王蘭覺着最成問題的是自己的媽媽：自己和賈鴻年割斷關係的事不能始終瞞着她，要徹底說服她放棄包办[redacted]婚姻的思想不是短時期能成功的事，一旦把和賈鴻年吹了的事讓她知道了，不論原來那個青年再追得來　不論再有人利用

卖一

25×20=500

3347

人民文学

335

卖烟叶

她也想写作

王兰本来是个思想、身体两健康的姑娘，向来都是白天劳动得很豪爽，晚上睡得很香甜，可是接到贾鸿年的“万言书”这天晚上变了样子，直到半夜还没有睡着。这也很难怪：一个人要彻底修改自己的终身大计，总不是个轻而易举的事，任凭王兰怎样直爽，也不能只把那半截信一揉一甩就算了事。且不说以后怎样，当前一个小问题就紧够王兰招架。一年前，王兰舅舅家那个村子里，有个青年想通过王兰妈妈的关系和王兰订婚，王兰妈妈思想上有点守旧，当时把这门亲事答应下来，后来经过王兰多次说服，直到和贾鸿年的关系明朗化了才算丢开。那边丢开了，这边可又造成了麻烦：王兰和贾鸿年的关系，因为贾鸿年来过一次，在家里住过两天，不但在家里明朗化了，而且村里的青年们中间也略有风闻，和王兰接近的妇女们有时候拿这事开开玩笑，王兰也没有反对过，现在突然来个改天换地，也让王兰觉得在应酬方面不好转弯。王兰觉着最成问题的是自己的妈妈：自己和贾鸿年割断关系的事不能始终瞒着她，要彻底说服她放弃包办婚姻的思想不是短时期能成功的事，一旦把和贾鸿年吹了的事让她知道了，不论原来那个青年再追得来，不论再有人利用

第 2 頁

她的蒋沒思想来提親，自己雖说不至於听她擺弄，可是注定要生好多闲氣。玉蘭那天夜里[redacted]醒了半夜，却還沒有顧上總结自己和賈鴻年那段歷史關係，而主要的是考慮了对付媽々這個小问題。

事々認真的王蘭，這半夜沒有白[redacted]熬了眼，總算想出個不離本村[redacted]的主意来。她本来是熱愛自己根生土長的山村的。在她剛記事那時候，這地方還是個荒山秃嶺的村着山村[redacted]，十多年前，政府發下了松樹子，發動群衆荒山播種，山上才開始發了顏色。那時候還沒有合作化，大人們由互助組長們帶領着，她和一些小同學們由小學老師帶領着都在山上播過種；後来樹和她一齊長，一年一年都大起来；现在樹長得早已超過她，她要鑽進這年輕的小松樹林里，外边保管找不着她了。村里别的東西也都年々變樣：蜜蜂由兩群長到三十多群，果樹從買樹苗長到開花結果，運輸從毛驢馱々改成騾馬拉車……這一切都是她親眼看着[redacted]的，一輩子也不想丢開。賈鴻年初次和她提出婚姻要求的時候，她曾向賈鴻年說過這種心思。虛偽的賈鴻年，空泛的道理偏比她説得周全。賈鴻年說她這種思想是“安土重遷”的带有封建性的小本位主義；[redacted]說全國任何地方都要進行社會主義建設，哪里需要自己，自己就应該到哪里去；説他們兩個人結成永久

25×20=500

她的落后思想来提亲，自己虽说不至于听她摆弄，可是注定要生好多闲气。王兰那天夜里醒了半夜，却还没有顾上总结自己和贾鸿年那段历史关系，而主要的是考虑了对付妈妈这个小问题。

事事认真的王兰，这半夜没有白熬了眼，终于想出个不离本村的主意来。她本来是热爱自己根生土长的山村的。在她刚记事那时候，这地方还是个荒山秃岭的枯脊山村。十多年前，政府发下了松树子，发动群众荒山播种，山上才开始变了颜色。那时候还没有合作化，大人们由互助组长们带领着、她和一些小同学们由小学老师带领着都在山上播过种；后来树和她一齐长，一年一年都大起来；现在树长得早已超过她，她要钻进这年轻的小松树林里，外边保管找不着她了。村里别的东西也都年年变样：蜜蜂有两群长到三十多群，果树从买树苗长到开花结果，运输从毛驴驮驮改成骡马拉车……这一切都是她亲眼看着越变越好的，一辈子也不想丢开。贾鸿年初次和她提出婚姻要求的时候，她曾向贾鸿年说过这种心思。虚伪的贾鸿年，空泛的道理偏比她说得周全。贾鸿年说她这种思想是“安土重迁”的常有封建性的小本位主义；说全国任何地方都要进行社会主义建设，哪里需要自己，自己就应该到哪里去；说他们两个人结成永久

第 3 頁

的伴侣，不论放在哪個崗位上都会產生互相促進的力量，終於說得她放棄了原來的打算。現在她为了甩開贾鸿年這個做不得"伴侣"的人，也就情願[redacted]重新戴起"安土重遷"的小本位主义這頂假帽子。贾鸿年講的那些大道理，是團支部里、班主任和好多老师们、同学们常講的公共道理，不是贾鸿年的什么發明創造，而且作为批評自己的话當時就不一定合適，只是因为自己也不反對跟贾鸿年在一起，所以也没有多加反駁；現在到了[redacted]，那些話跟自己的處境更对不上碴兒了，因为自己已經參加了本村這個具体進行着社会主義建設的崗位，就證明這個崗位正是需要自己的地方，再也用不着用哪些话来鼓勵自己往其他地方去了。

第二天晚上，王蘭[redacted]去見團支书，先把她和贾鸿年[redacted]的關係始終原委說了一遍，接着便請團組織[redacted]替她[redacted]要求大隊派她去学習一項專業，以便[redacted]今後永遠留在村里。她說這樣一來可以符合自己當初的志願，二來可以[redacted]避免她媽以後在婚姻问题上找她的麻煩。過了兩天，團支书通知她說[redacted]大隊里說別的專業现在都不缺人，只有大車是近幾年才新添的，[redacted]請了外村一個赶車的，明年[redacted]要回人家本村去，須得動員一個青年来学習，不過大隊里考慮到她是個[redacted]未出嫁的姑娘，学這路活兒恐怕不適當。可是

卖了

25×20=500

的伴侣，不论放在哪个岗位上都会产生互相促进的力量，终于说得她放弃了原来的打算。现在她为了甩开贾鸿年这个做不得“伴侣”的人，也就情愿重新戴起“安土重迁”的小本位主义这顶假帽子。贾鸿年讲的那些大道理，是团支部里、班主任和好多老师们、同学们常讲的公共道理，不是贾鸿年的什么发明创造，而且作为批评自己的话当时就不一定合适，只是因为自己也不反对跟贾鸿年在一起，所以也没有多加反驳；到了现在，那些话跟自己的处境更对不上碴儿了，因为自己已经参加了本村这个具体进行着社会主义建设的岗位，就证明这个岗位正是需要自己的地方，再也用不着用哪些话来鼓励自己往其他地方去了。

第二天晚上，王兰去见团支书，先把她和贾鸿年的关系始终原委说了一遍，接着便请团组织替她要求大队派她去学习一项专业，以便于今后永远留在村里。她说这样一来可以符合自己当初的志愿，二来可以避免她妈以后在婚姻问题上找她的麻烦。过了两天，团支书通知她说大队里说别的专业现在都不缺人，只有大车是近几年才新添的，请了外村一个赶车的明年要回人家本村去，须得动员一个青年来学习，不过大队里考虑到她是个未出嫁的姑娘，学这路活儿恐怕不适当。可是

第 4 頁

王蘭親自找着大隊長，說明了自己的堅决性，就肯定下来。

王蘭答应下来了。在秋收总结大会上，大隊長宣布了派王蘭学赶車這事，王蘭也當众表示了態度。她說她保证学会，保证長期幹下去，一直赶到村里用上汽車、大車失去了作用為止。從此王蘭便学起赶大車来。

秋收之後，團里進行政治学習。在学習中，討論到階級影响方面"誰改造誰，誰跟着誰走"的問題，王蘭又回憶到她和賈鴻年的全部關係。她把近二年多来的日記和賈鴻年的信件挨次温習了一遍，[redacted]發現賈鴻年一貫[redacted]争取自己放棄獨立的志願而跟着他走，所有他借用過的[redacted]大道理，幾乎都符合於他這個個人目的。例如[redacted]年四月份，賈鴻年和她[redacted]談話中，說到"一個作家必須要接觸廣濶的社會面"就有十二次之多，[redacted]最後就提出要自己在暑假期間陪他到省城去旅行，而自己还居然同意先和家庭商量，可能的話就去；要不是後来發现他的話中有假，[redacted]說不定真會跟他不清不爽地到省城去渡一個假期。

賈鴻年那一次談的話中有什么假，這里也要做個交代。到省里作將近兩個月的個人旅行，是要花一筆錢的。王蘭的家庭[redacted]是個貧農家庭，老底子空，近些年

25×20=500

王兰答应下来了。王兰亲自找着大队长，说明了自己的坚决性，就肯定下来。在秋收总结大会上，大队长宣布了派王兰学赶车这事，王兰也当众表示了态度。她说她保证学会，保证长期干下去，一直赶到村里用上汽车、大车失去了作用为止。从此王兰便学起赶大车来。

秋收之后，团里进行政治学习。在学习中，讨论到阶级影响方面“谁改造谁、谁跟着谁走”的问题，王兰又回忆到她和贾鸿年的全部关系。她把近二年多来的日记和贾鸿年的信件挨次温习了一遍，发现贾鸿年一贯要争取自己放弃独立的志愿而跟着他走，所有他借用过的大道理，几乎都符合于他这个个人目的。例如上年六月份，贾鸿年和她谈话中，说到“一个作家必须要接触广阔的社会面”就有十二次之多，最后就提出要自己在暑假期间陪他到省城去旅行，而自己还居然同意先和家庭商量，可能的话就去；要不是后来发现他的话中有假，说不定真会跟他不清不爽地到省城去度一个假期。

贾鸿年那一次谈的话中有什么假，这里也要做个交代。到省里作将近两个月的个人旅行，是要花一笔钱的。王兰的家庭是个贫农家庭，老底子空，近些年

第 5 頁

来因为自己上学要花些錢，家里就不太富裕，再要拿這筆不必要的花費，给老人增加負担，自己也覺着過不去。贾鸿年答应由他負担，可是贾鸿年向他父親要錢也不是那么容易。他父親贾连陞手里倒是常有几個现錢的。不過前也提過，他父親[redacted]是商人出身，[redacted]有個錢还想和他買主倒騰個什么小买卖，对贾鸿年花錢控制得是相當嚴的，縱然准許他到省城去，也不会拿出足夠兩個人花費的錢来。贾鸿年也深知道希望不大，所以一方面答應王蘭親自負担旅行費，一方面卻悄悄向李老師借錢[redacted]以做準備。他知道一個學生以假期旅行为名向老師借錢是没道理的，因此他便扯起謊来。他說他有個姑夫在省人委会工作[redacted]，病了半年了，他父親想讓他在暑假期間到省城看望一下，可是因为家里經濟困難拿不起路費，向李老師能不能幫忙借一步。李老師答应了，不過因为还不到放假時候，所以没有拿现錢。[redacted]

後来李老師無意中和王蘭透露了贾鸿年要借錢到省城探親的話，王蘭便狠々責怪了贾鸿年一頓，罵他不該向最尊重自己的老師撒謊，因为她了解贾鸿年根本没有这么個姑夫，而且事前也没有向她提过要借上李老師的錢去省城里揮霍。贾鸿年這次幾乎把悔過[redacted]用的話都說盡

人民文学 25×20=500 391

来因为自己上学要花些钱，家里就不太富裕，再要求拿这笔不必要的花费，给老人增加负担，自己也觉着过不去。贾鸿年答应由他负担，可是贾鸿年向他父亲要钱也不是那么容易。他父亲贾连升手里倒是常有几个现钱的。不过前面提过，他父亲是商人出身，有个钱还想和他舅舅倒腾个什么小买卖，对贾鸿年花钱控制得是相当严的，纵然准许他到省城去，也不会拿出足够两个人花费的钱来。贾鸿年也深知道希望不大，所以一方面答应王兰愿意负担旅行费，一方面却悄悄向李老师借钱以做准备。他知道一个学生以假期旅行为名向老师借钱是没道理的，因此他便扯起谎来。他说他有个姑父在省人委会工作，病了半年了，他父亲想让他在暑假期间到省城看望一下，可是因为家里经济困难拿不起路费，问李老师能不能帮忙借一步。李老师答应了，不过因为还不到放假时候，所以没有拿现钱。后来李老师无意中和王兰透露了贾鸿年要借钱到省城探亲的话，王兰便狠狠责怪了贾鸿年一顿，骂他不该向最器重自己的老师撒谎，因为她了解贾鸿年根本没有这么个姑父，而且事前也没有向她提过要借上李老师的钱去省城里挥霍。贾鸿年这次几乎把悔过用的话都说尽

第 6 頁

了，只求王蘭不要在李老师面前说破。[redacted]按王蘭的直爽性子，应该立刻告訴李老师，只是因为她已经把她和贾鸿年的関係明朗化了，就替贾鸿年掩護下来。结果[redacted]自然是都没有成。

王蘭检查她的日记，每检查到为贾鸿年掩盖错误的地方，都有些难为情。她主观上一向相信自己不会做坏事，现在発现無論如何也不能不把这些说成是做了坏事。

她把这些材料溜完了，觉着满可以写一篇中篇小说。为了引起青年们警惕资產階级思想的腐蚀，她觉着这種作品也十分需要写。题目她也想好了，李老师講過"听其言而观其行"一句古话，她想就以"观其行"为题。日记给了她一個启发，她想就用"日记体"。輪廓她决定大体上就以自己和贾鸿年这一段现实関係为輪廓，要突出她写自己主观上時々以为能争取人家進步，事实上人家一步也没有動，自己反而遷就了人家许多，要不是自己脚根站得穩最後抛开手，不久的将来便会被人家拉過去。

只有一個问题没有確定下来，那就是这個男主角的前途问题。从全部材料看来，这個人坏得很，简直是個骗子。在小说中可该讓他得到個什么结果呢？从政策上講，只是还没有變成敌人的人，都应该团结教育改造。可是谁来转

6

25×20=500

了，只求王兰不要在李老师面前说破。按王兰的直爽性子，应该立刻告诉李老师，只是因为她已经把她和贾鸿年的关系明朗化了，就替贾鸿年掩护下来。结果自然是都没有去成。

王兰检查她的日记，每检查到为贾鸿年掩盖错误的地方，都有点难为情。她主观上一向相信自己不会做坏事，现在发现无论如何也不能不把这些说成是做了坏事。

她把这些材料溜完了，觉着满可以写一篇中篇小说。为了引起青年们警惕资产阶级思想的腐蚀，她觉着这种作品也十分需要写。题目她也想好了，李老师讲过“听其言而观其行”一句古话，他（她）就想以“观其行”为题。日记给了她一个启发，她想就用“日记体”。轮廓她决定大体上就以自己和贾鸿年这一段现实关系为轮廓，要突出地写自己主观上时时以为能争取人家进步，事实上人家一步也没有动，自己反而迁就了人家许多，要不是自己脚根（跟）站得稳最后抛开手，不久的将来便会被人家拉过去。

只有一个问题没有确定下来，那就是这个男主角的前途问题。从全部材料看来，这个人坏得很，简直是个骗子。在小说中可该让他得到个什么结果呢？从政策上讲，凡是还没有变成敌人的人，都应该团结教育改造，可是谁能

第 7 頁

改造了现实中這個更难写呢？自己如果能改造他就用不着抛弃他；還靠参加劳動改造他，劳動了半年，不但没有改造了他，他的坏思想反而有了发展。究竟最后应该如何交代這個人，自己一時还没有想出主意来。

后来她决定暂且不忙着写，先集中精力学習驾車，所以没有了工夫再来考虑這個结局。

（接下页）

卖7

25×20=500

393

改造了现实中这个贾鸿年呢？自己如果能改造他就用不着抛弃他；要靠参加劳动改造他，劳动了半年，不但没有改造了他，他的坏思想反而有了发展。究竟最后应该如何交代这个人，自己一时还没有想出主意来。

后来她决定暂且不忙着写，先集中精力学习赶车，等以后有了工夫再来考虑这个结局。

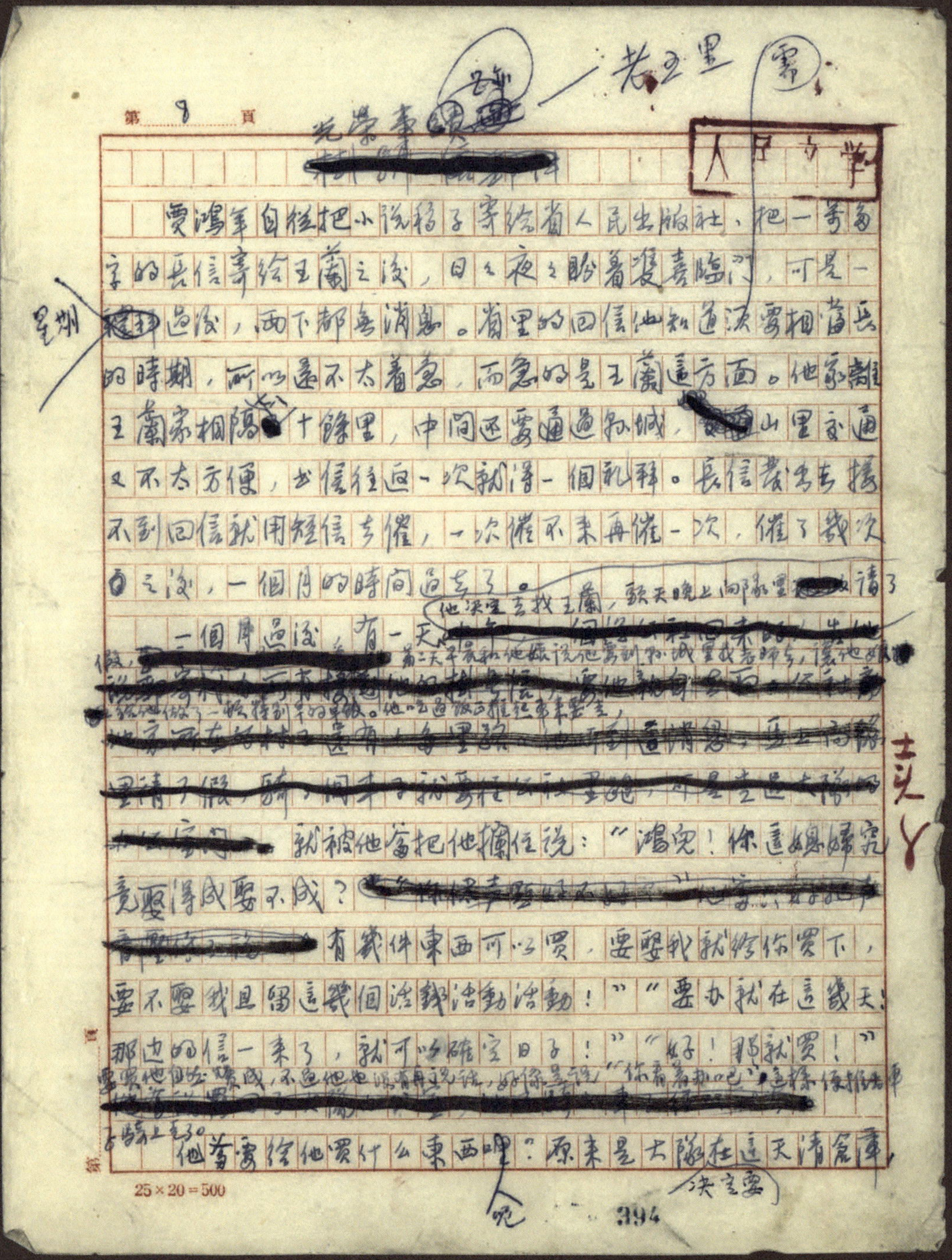
第 8 頁

人民文学

老王里

賈鴻年自從把小說稿子寄給省人民出版社，把一封多字的長信寄給王蘭之後，日日夜夜盼着喜臨門，可是一星期過後，兩下都無消息。省里的回信他知道決要相當長的時期，所以還不太着急，而急的是王蘭這方面。他家離王蘭家相隔[redacted]十餘里，中間還要通過縣城，[redacted]山里交通又不太方便，書信往返一次就得一個禮拜。長信發出去接不到回信就用短信去催，一次催不來再催一次，催了幾次之後，一個月的時間過去了。

一個月過後，有一天，[redacted]

就被他爹把他攔住說："鴻寬！你這媳婦究竟要得成要不成？[redacted]有幾件東西可以買，要要我就給你買下，要不要我且留這幾個活錢活動活動！""要辦就在這幾天！那邊的信一來了，就可以確定日子！""好！那就買！"[redacted]

他爹要給他買什么東西哩？原來是大隊在這天清倉庫，

25×20=500

394

光荣事迹

贾鸿年自从把小说稿子寄给省人民出版社，把一万多字的长信寄给王兰之后，日日夜夜盼着双喜临门，可是一星期过后，两下都无消息。省里的回信他知道需要相当长的时期，所以还不太着急，而急的是王兰这方面。他家离王兰家相隔七八十余里，中间还要通过县城，山里交通又不太方便，书信往返一次就得一个礼拜。长信发出去接不到回信就用短信去催，一次催不来再催一次，催了几次之后，一个月的时间过去了。

一个月过后，有一天他决定去找王兰，头天晚上向队里请了假，第二天早晨和他娘说他要到县城里找老师去，让他娘给他做了一顿特别早的早饭。他吃过饭正推起车来要走，就被他爹把他拦住说："鸿儿！你这媳妇究竟娶得成娶不成？有几件东西可以买，要娶我就给你买下，要不娶我且留这几个活钱活动活动！""要办就在这几天！那边的信一来了，就可以确定日子！""好！那就买！"要买他自然赞成，不过他也没有再说话，好像是说"你看着办吧"，这样便推出车子骑上走了。

他爹要给他买什么东西呢？原来是大队决定要在这天清仓库，

第 9 頁　　人民文学

有几件[redacted]东西是大队集体得到的奖品可又是私人用品——像毛毯、洗脸盆等等——历年来因为无法分配，只在仓库里存着，最近[redacted]想到个办法是拍卖了作为公积金。估计在拍卖中间也有不好办的地方：冷货没人要、热货大家抢。因怕热货，队部里想了个办法是大家提出需要的理由，再由大家评议，卖给最需要的。贾鸿年的父亲[redacted]贾[redacted]连陞，和他舅舅石三友一样，是村里边数一数二的精细鬼，什么便宜都不会放过。[redacted]他瞄心到那些热货、冷货中间的[redacted]便宜货，可是他手里只有几十块现钱，买了这些便宜货，怕的不太容易转手卖出去，轮的自己又捨不得再出手，再有什么可以捣鬼的机会[redacted]自己便没了本钱。[redacted]他打了打小算盘，也盘算着有些东西给孩子娶媳妇是用得着的，如果这媳妇最近娶得成，就买下来；要是日期还远一点的话，就暂且不买，留[redacted]这一点活钱腾一下什么，还许能多买好多。因为有这样个活动余地，所以要问一问贾鸿年。[redacted]

卖9

腾

25×20=500　　395

有几件东西是大队集体得到的奖品可又是私人用品——像毛毯、洗脸盆等等——历年来因为无法分配，只在仓库里存着，最近想到个办法是拍卖了作为公积金。估计在拍卖中间也有不好办的地方：冷货没人要、热货大家抢。关于热货，队部里想了个办法是大家提出需要的理由，再由大家评议，卖给最需要的。贾鸿年的父亲贾连升和他舅舅石三友一样，是村里边数一数二的精细鬼，什么便宜都不会放过。他早留心到那些热货、冷货中间的便宜货，可是他手里只有几十块现钱，买了这些便宜货，冷的不太容易转手卖出去，热的自己又舍不得再出手，再有什么可以捣鬼的机会自己便没了本钱。他打了打小算盘，盘算着有些东西给孩子娶媳妇是用得着的，如果这媳妇最近娶得成，就买下来；要是日期迟一点的话，就暂且不买，留这一点活钱翻腾一下什么，还许能多买好多。因为有这样个活动余地，所以要问一问贾鸿年。

人民文学

第 10 頁

[redacted]贾鸿年[redacted]去找王兰，颇不愿意遇着熟人来问长问短，可是要经过公社和县城这两个比较热闹的地方，就不容易有那样清净。他走过公社所在的镇上，只到邮电代办所打听了一下有没有来信，[redacted]也就匆匆忙忙离开了；走过县城，因为是个星期五，老师们和同学们都不到街上来活动，所以从南门进去打西门出去，也没有碰上个熟人。他正自庆祝他这种幸运，不料走过西关一个修车铺子门口，有人在里边叫他：“鸿年！”“嗯？二宝？你来做什么？”“我来修车，[redacted]闸坏了！你往哪里去？”“我到西关找个人！”“这就回去吗？”“不！回头还要到学校去！”贾鸿年虽是这样应酬着过去了，总觉着不如不碰上熟人好。[redacted]

出了西关，他知道再不会碰上什么熟人了，就放开胆把车蹬得飞快。事出意外，他蹬了一阵子，看见前边又有个熟人，只是这个熟人他不但不怕碰上，而且倒十分愿意碰一碰。这人是王兰村子里一个模范党员，[redacted]因为在改变山区面貌方面有过各发明创造，学校里请他作过报告。贾鸿年想从他口中得到王兰一些什么回村生产的光荣事迹，以便接见了王兰当面捧一捧场表示自己的关心。便跳下车来和他攀谈，先介绍自己是高中毕业生，接着就

25×20=500

396

贾鸿年去找王兰，颇不愿意遇着熟人来问长问短，可是要经过公社和县城这两个比较热闹的地方，就不容易有那样清净。他走过公社所在的镇上，只到邮局代办所打听了一下没有来信，也就匆匆忙忙离开了；走过县城，因为是个星期五，老师们和同学们都不到街上来活动，所以从南门进去打西门出去，也没有碰上个熟人。他正自庆祝他这种幸运，不料走过西关一个修车铺子门口，有人在里边叫他：“鸿年！”“噫？二舅？你来做什么？”“我来修车，闸坏了！你往哪里去？”“我到西关找个人！”“这就回去吗？”“不！回头还要到学校去！”贾鸿年虽是这样应酬着过去了，总觉着不如不碰上熟人好。

出了西关，他知道再不会碰上什么熟人了，就放开胆把车蹬得飞快。事出意外，他蹬了一阵子，看见前边又有个熟人，只是这个熟人他不但不怕碰上，而且倒十分愿意碰一碰。这人是王兰村子里一个模范党员，因为在改变山区面貌方面有过好多发明创造，学校里请他作过报告。贾鸿年想从他口中得到王兰一些什么回村生产的光荣事迹，以便于见了王兰当面捧一捧场来表示自己的关心，便跳下车来和他攀谈——先介绍自己是高中毕业生，接着就

第 11 頁

說明所通时方的报告佩服得五体投地，最後才打听王蘭。他說："你村有個王蘭嗎？那是我的同学！""王蘭呀？巧得很！王蘭的車子剛過去一小会。要不是咱们拉閑話，這会你就該赶上她了！""好！那我赶她去！再見！"這時候的賈鴻年一上了車，蹬得好像比飛机还要快，要不是碰上一尾破馬蹄把他的車帶刺破，也許在一分鐘之內就能赶上王蘭。

車帶一破，他只好下来检查。當他把那尾破馬蹄拔出去推起車子来走的時候，那個模範党员又赶上了他："怎么？車坏了？""嗯！不能騎了！王蘭的車子蹬得快不快？""王蘭沒有騎車子！""你不是說她的車子才過去嗎？""她赶着大隊里的大車！""我是說王蘭呀！""对嘛！""是高中二年級生！""就是！""我說是個女生呀！""我也沒有說是男生啊？""你们大隊怎么是這樣使用人材呢？""這沒有什么，只是工作上的需要。我们的山区才通車不久，只請了外村一個過去給地主赶過車的老把式，大隊里說要培養一個積極可靠的青年来接班，所以就讓王蘭學了。""你们的生產就不向前發展了嗎？難道永遠用大車運輸嗎？""這個我们公社研究過，以為像我们這樣的山区都普遍用汽車，至少还得一二十年。王蘭在群衆大会上也保証

25×20=500

397

说明听过对方的报告佩服得五体投地，最后才打听王兰。他说：“你村有个王兰吗？那是我的同学！”“王兰呀？巧得很！王兰的车子刚过去一小会。要不是咱们拉闲话，这会你就该赶上她了！”“好！那我赶她去！再见！”这时候的贾鸿年一上了车，蹬得好像比飞机还要快，要不是碰上一片破马掌把他的车带刺破，也许在一分钟之内就能赶上王兰。

车带一破，他只好下来检查。当他把那片破马掌拔出去推起车子来走的时候，那个模范党员又赶上了他：“怎么？车坏了？”“嗯！不能骑了！王兰的车子蹬得快不快？”“王兰没有骑车子！”“你不是说她的车子才过去吗？”“她赶着大队里的大车！”“我是说王兰呀！”“对么！”“是高中二年级生！”“就是！”“我说是个女生呀！”“我也没有说是男生啊？”“你们大队怎么是这样使用人材呢？”“这没有什么，只是工作上的需要。我们的山区才通车不久，只请了外村一个过去给地主赶过车的老把式，大队里说要培养一个积极可靠的青年来接班，所以就让王兰学了。”“你们的生产就不向前发展了吗？难道永远用大车运输吗？”“这个我们公社研究过，以为像我们这样的山区都普遍用汽车，至少还得一二十年。王兰在群众大会上也保证

第 12 页

说："……我们大队一天没有汽车我就赶一天，二十年没有汽车我就赶二十年！""我看也只是当场说着好听！一个姑娘家，一出嫁就不是你们队里的人了！""你这想法简直和我们大队长从前的想法一样。王兰在大队报名要学赶车的时候，我们大队长向公社团支书说：'要培养也得培养个媳妇家，培养你们这些姑娘们靠不住！'王兰找着大队长反驳他说：'那是老封建看法！难道一定该是女的跟着男的走吗？我就要反一反这个习惯，一辈子也不离开这个大队！'这姑娘是很坚强的，党内、团内都很相信她，所以才决定培养她。在业务上学习得也很快——不过一个月工夫，就可以赶着车到这里炼焦厂上拉煤来了，今天是第三次。"贾鸿年听了王兰这段"光荣事迹"，觉着现在去找她也不会有什么好的结果，因此推说要[redacted]修理车子，辞别了那位模范党员，推了车子返回来。

他走到城里西关把车子修好，又返回到公社邮寄代办所打听来信。来信倒是有了，不过只是看见退给他的小说原稿。

两件事都碰了钉子，他无精打采地骑着自行车往回走，走到村边离上一道小坡的地方，他跳下来推车，他们队里另一个中学生迎他走来，看见他车子上放着的一包稿子，以为是什么结婚用品，便问他说："买些什么？一定是结婚用品！""不要瞎说！谁说我要结婚了？""你曾在大队里说的，你也嫌谁？封建习惯！"贾鸿年没有答话，只暗自埋怨他。

百块！""这要是真的话，可太可惜了！""真的！我说你还有个说法没有？要不咱们俩再小住一下？""没有！那不见得……二人……？要不要把这钱也让返了吧？""你想想看！我看也行！王说：‘……我们大队一天没有汽车我就赶一天，二十年没有汽车我就赶二十年！’“我看也只是当场说着好听！一个姑娘家，一出嫁就不是你们队里的人了！”“你这想法简直和我们大队长从前的想法一样。王兰在大队报名要学赶车的时候，我们大队长向团支书说：‘要培养女的也得培养个媳妇家，培养你们这些姑娘们靠不住！’王兰找着大队长反驳他说：‘那是老封建看法！难道一定该是女的跟着男的走吗？我就要反一反这个习惯，一辈子也不离开这个大队！’这姑娘是很坚强的，党内、团内都很相信她，所以才决定培养她。在业务上学习得也很快——不过一个月工夫，就可以赶着车到这里煤窑上拉煤来了，今天是第三次。”“光荣事迹”是听到了，可惜不合乎捧场用。贾鸿年听了王兰这段“光荣事迹”，觉着现在去找她也不会有好的结果，因此推说要修理车子，辞别了那位模范党员，推了车子返回来。

他走到县里西关把车子修好，又返回到公社邮寄代办所打听来信。来信倒是有了，不过只是省里退给他的小说原稿。

两件事都碰了墙头，他无精打采地骑着旧车子往回走，直到村边要上一道小坡的地方，他跳下来推车，他们队里另一个中学生从他身后赶来，看见他车盘上放着的一包稿子，以为是什么结婚用品，便问他说：“买些什么？一定是结婚用品！”“不要瞎说，谁说我要结婚？”“你爹在大队里说的，你还瞒谁？封建习惯！”贾鸿年没有答话，只暗自埋怨他爹。

12.

出面问题

贾鸿年一进门，正碰上他舅舅石三友和他爹贾连陞共同拿着一条毛毯子讲价钱。贾鸿年和他们连招呼也没有打，放下车子，拿下那一包梢子就进了窑洞。他们两個人也没有理会，继续谈下去。石三友说："好！实在平常时候，五十块钱你也买不到手。"贾连陞说："你要那车子更巧！""大概骑了二年了！""新的飞鸽牌车子，人家七十块钱会卖给你呀？就那旧的，现在不会卖也卖他一百一二十块钱！""车子在咱们这一带成了[illegible]了！"贾鸿年

[illegible]说："你在外边到底说鸿儿[illegible]的事来，[illegible]看看！"贾连陞说："嗨？这怕什么？真的[illegible]吗？[illegible]！[illegible]，三十块钱怎么能买人家这么一[illegible]"[illegible]不行[illegible]"不要咱[illegible]人家，[illegible]！"石三友解劝[illegible]"贾连陞说："不要[illegible]了，[illegible]"[illegible]说："我见[illegible]和[illegible]的烟叶今天[illegible]卖到八块钱一斤！真[illegible]！咱们这[illegible]一[illegible]，一斤的[illegible][illegible]不[illegible]了那辆车子，这一下就[illegible]二三百块。""这要是真的话，可太可惜了！""真的！我说你[illegible]没有？要不咱们俩再[illegible]一下？""没有！[illegible]不是我[illegible]、[illegible]了[illegible][illegible]下钱？要不真把这毛毯也[illegible]了吧？""你[illegible]看看！我看也行！[illegible]

人民文学社

出面问题

贾鸿年一进门，正碰上他舅舅石三友和他爹贾连升共同拿着一条毛毯子评论价钱。贾鸿年和他们连招呼也没有打，放下车子，拿下那一包稿子就进了套间。他们两个人也没有理会，继续谈下去。石三友说："巧！要在平常时候，五十块钱你也买不到手。"贾连升说："你买那车子更巧！""大队骑了二年了！""新的飞鸽牌车子，人家七十块钱会卖给你？就那旧的，现在不会卖也卖他一百一二十块钱！""车子在咱们这一带成了冷货了：买得起

第13頁

的都賣上好的了，买不起的連坏的也不買，就算能賣到一百以上，幾時才能賣出去哩？我剛剛听到個消息，就有些後悔[redacted]可是現錢已經付出去，退也不能退了！”賈連陞听說有什么好消息，就低聲問：“什么消息？”還沒有等石三友說出好消息，賈連陞老婆就從套間里走出来埋怨賈連陞說：“你在外边跟誰說鴻児結婚的事来，惹得鴻児咕嘟着嘴！”賈連陞說：“嚷？這怕什么？真的吧假的？不說娶媳婦！不說娶媳婦，三十塊錢怎么能買人家這么一條毛毡呢？”賈鴻年在套间里插話說：“我不要那個行不行？”“不要咱去退人家！這可是热貨！”石三友解劝說：“算了！娶媳婦又不是什么見不得人的事！說出去难道還收得回来？”賈連陞說：“不要理他了！你快說有什么消息？”石三友說：“我兄弟今天到縣里停車去回来說縣里初級市場的烟葉子今天前晌賣到八塊錢一斤！真辣得着！咱们這里收賣的，一塊五六毛錢就能收到，一斤就能賺六塊多！我那几十塊現錢要不是買了那輛車子，這一下就能賺二三百塊！”“這要是真的話，可太可惜了！”“真的！我說你還有個現錢没有？要不咱们倆再小辣一下？”“没有了！你不見我今天冷货、热货買了将近二百塊，哪还剩得下錢？要不真把這塊毛毡退了吧？”“你想想看！我看也行！三

25×20=500

的都买上好的了，买不起的连坏的也不买，就算能卖到一百以上，几时才能卖出去哩？我刚刚听到个消息，就有些后悔，可是现钱已经付出去，退也不能退了！”贾连升听说有什么好消息，就低声问：“什么消息？”还没有等石三友说出好消息，贾连升老婆就从套间里走出来埋怨贾连升说：“你在外边跟谁说鸿儿结婚的事来，惹得鸿儿咕嘟着嘴！”贾连升说：“噫？这怕什么？真的吧，假的？不说娶媳妇！不说娶媳妇，三十块钱怎么能买人家这么一条毛毯呢？”贾鸿年在套间里接话说：“我不要那个行不行？”“不要咱去退人家！这可是热货！”石三友解劝说：“算了！娶媳妇又不是什么见不得人的事！说出去难道还收得回来？”贾连升说：“不要理他了！你快说有什么消息？”石三友说：“我兄弟今天到县里修车去，回来说县里初级市场的烟叶子今天前晌卖到八块钱一斤！真干得着！咱们这里收零的，一块五六毛钱就能收到，一斤就能赚六块多！我那七十块现钱要不是买了那辆车子，这一下就能赚二三百块！”“这要是真的话，可太可惜了！”“真的！我说你还有个现钱没有？要不咱们俩再小干一下？”“没有了！你不见我今天冷货、热货买了将近二百块，哪还剩得下钱？要不真把这块毛毯退了吧？”“你想想看！我看也行！

三

第 14 页

十块钱也能赚一百多！”石三友说罢就退出去了。

[redacted]，贾鸿年这阵也已经消了气，见他舅舅走了，就溜出外间来看他爹今天买的其他东西。这时候，他娘向他爹说：[redacted]“要是三十块也能赚一百多，就把这镯子退了吧！赚了钱咱再买！”他爹说：“你哥那个‘十三么’呀？他要是有本钱的话，他还怕你知道哩！”他娘忽然变了脸说：“‘十三么’翻过别人吧，他把你的什么翻去了？”“我不过是这么说吧，谁说他翻过我？老实说：我也是会赢钱翻的……”

他们为什么说到“十三么”就吵起来呢？原来石三友（贾鸿年的舅舅）外号‘十三么’。‘十三么’本来是麻雀牌中一种最大的成法，~~就是~~[redacted]共算十三翻。我们现在随便打着玩，翻多少翻也没有关系；在旧社会拿它来赌钱，那关系就大了——要是没有满贯的限制，这十三翻，见一块钱就要翻到八千一百九十二块。一个小户人家，连这一牌也输不起。人们所以给石三友送这个外号，只是说他爱倒腾东西。在石三友的生活中，商品和自用品不分，[redacted]就是自己穿的裤子，价钱合适了也会卖出去，等有了便宜的机会再买。鸿年他娘见捏着自己

25×20=500

十块钱也能赚到一百多！“石三友说罢就退出去了。

贾鸿年这阵也已经消了气，见他舅舅走了，就溜出外间来看他爹今天买的其他东西。这时候，他娘向他爹说：“要是三十块也能赚一百多，就把这毯子退了吧！赚了钱咱再买！”他爹说：“你哥那个‘十三么（同“幺”，下文同）’呀？他要是有本钱的话，他还怕你知道哩！”他娘忽然变了脸说：“‘十三么’翻过别人吧，他把你的什么翻去了？”“我不过是这么说吧，谁说他翻过我？老实说：我也是会赢几翻（番）的……”

他们为什么说到“十三么”就吵起来呢？原来贾鸿年的舅舅石三友外号“十三么”。“十三么”本来是麻雀牌中一种最大的成法，共算十三翻（番）。我们现在随便打着玩，翻多少翻（番）也没有关系；在旧社会拿它来赌钱，那关系就大了——要是没有满贯的限制，这十三翻（番），见一块钱就要翻到八千一百九十二块。一个小户人家，连这一牌也输不起。人们所以给石三友送这个外号，只是说他爱倒腾东西。在石三友的生活中，商品和自用品不分——就是自己穿的裤子，价钱合适了也会卖出去，等有了便宜的机会再买。鸿年他娘见提着自己娘家哥哥的短處，自然就分辯起来了。

贾鸿年他娘见老头子生了氣，就把話頭變得軟和一些說：“好好！誰不知道你也会翻栽下子？自己人不翻自己人就好！你们以後还是会難幹吧！”“幹？没有现款拿什么幹去？如今手里只要有一百塊錢，三五天里翻他兩趟，就能赚五六百！機会難得！從前手里成千上萬過多少，如今一泡尿也能给泡死了！”

贾鸿年忽然插話說：“爹！你只要能答应我一件事，我可以给你借到一百塊錢！”贾連陞側稜着頭看了他一眼想：“噫？這孩子怎么忽然開竅了？”為了鼓勵孩子的“長進”，贾連陞把身子往椅背上一靠，宽宏大量地說：“好孩子，你說！凡是該答应的爹都答应你！”贾鸿年半撒嬌半飞红地說：“你能不能把上院的西房買下来，修補一下，讓我住到里边写作？”贾連陞奇怪地說：“嘻！你也会想到這個？咱父子们想到一股道上了！我早就想：把那西房買過来一修補，南边不用修房子，只用修上一堵圍墙，再把咱南樓後墙上的门窗拆開，現現成成就是個小院！”他這一說，更說到贾鸿年的心事上。贾鸿年為了表示自己的謀畧不低於他，便跑回自己住的房里，把當日附在给王蘭信中的那張立体圖存稿取過来给他看。贾連陞接過来看罷哈哈大笑，随手娘家哥哥的短处，自然就分辩起来了。

贾鸿年他娘见老头子生了气，就把话头变得软和一点说：“好好！谁不知道你也会翻几下子？自己人不翻自己人就好！你们以后还是合伙干吧！”“干？没有现款拿什么干去？如今手里只要有一百块钱，三五天里翻他两趟，就能赚五六百！机会难得！从前手里成千上万过多少，如今一泡尿也能给泡死了！”

贾鸿年忽然插话说：“爹！你只要能答应我一件事，我可以给你借到一百块钱！”贾连升侧棱着头看了他一眼想：“噫？这孩子怎么忽然开窍了？”为了鼓励孩子的“长进”，贾连升把身子往椅背上一靠，宽宏大量地说：“好孩子，你说！凡是该答应的爹都答应你！”贾鸿年半撒娇半正经地说：“你能不能把上院的西房买下来，修补一下，让我住到里边写作？”贾连升奇怪地说：“嘻！你也会想到这个？咱父子们想到一股道上了！我早就想：把那西房买过来一修补，南边不用修房子，只用修上一堵围墙，再把咱南楼后墙上的门窗拨开，现现成成就是个小院！”他这一说，更说到贾鸿年的心事上。贾鸿年为了表示自己的谋略不低于他，便跑回自己住的房里，把当日附在给王兰信中的那张立体图存稿取过来给他看。贾连升接过来看罢哈哈大笑，随手

第 16 頁

把圖遞給他老婆說："你看這！誰敢說咱的孩子不成器？"高興過後，又对着賈鴻年把話轉回本題來說："可是你上哪兒能借到這一百塊現錢哩？""這個我自己有路道。""你說說我看可靠不！"賈鴻年知道他爹的嘴不嚴，不過不說出來又怕引起他爹的不信任，因此就先宣佈紀律說："這可不比別的事，我說了可对誰也不能露出來，連对我舅舅也得瞞着！""我一定不說出去！你說吧！""向我们李老師借。""那么大數，人家肯借給嗎？""話說对了是能借出來的。"賈連陞老婆微笑着說："我鴻兒辦得了事！我看借回錢來就讓他和他舅舅去辦好了！"賈鴻年一聽這話急忙推託說："不不不！除了借錢，別的什么事我也不參加！"賈連陞說："对！別的不要你管！"又埋怨他老婆說："盡說廢話！孩子以後是要在那些有錢有面的人物中間混事的，怎么能跟我们這些老滑鬼们去搗騰那個！"又向賈鴻年說："早早去睡你的覺！明天一早起來就往隊里去！我到你们隊里替你請假！"

賈鴻年去後，賈連陞盤算他下一步該怎樣辦了。他起先想到自己單獨幹，後來想起因為和王三安賣死驢肉剛受過隊里的批評，自己的孩子還正在"往人前走"，不便冒着風險再去出面，不如仍然跟王三安合作——自己出資本，讓王三安偷運到城里去賣。主意一定，他便打發他老婆又去把王三安叫來商量。

損害了孩子的名譽

~~（下期續完）~~

把图递给他老婆说："你看这！谁敢说咱的孩子不成器？"高兴过后，又对着贾鸿年把话转回本题来说："可是你上哪儿能借到这一百块现钱哩？""这个我自己有路道。""你说说我看可靠不！"贾鸿年知道他爹的嘴不严，不过不说出来又怕引起他爹的不信任，因此就先宣布戒律说："这可不比别的事，我说了可对谁也不能露出来，连对我舅舅也得瞒着！""我一定不说出去！你说吧！""向我们李老师借。""那么大数，人家肯借给吗？""话说对了是能借出来的。"贾连升老婆微笑着说："我鸿儿办得了事！我看借回钱来就让他和他舅舅去干好了！"贾鸿年一听这话急忙推托说："不不不！除了借钱，别的什么事我也不能参加！"贾连升说："对！别的不要你管！"又埋怨他老婆说："尽说废话！孩子以后是要在那些'有头有面'的人物中间'混事'的，怎么能跟我们这些老滑鬼们去倒腾那个！"又向贾鸿年说:"早早去睡你的觉！明天一早起来就往县里去！我到你们队里替你请假！"

贾鸿年去后，贾连升盘算他下一步棋怎样落子。他起先想到自己单独干，后来想起因为和石三友卖死驴肉损害了队的名誉刚受过队里的批评，自己的孩子还正在"往人前走"，不便冒着风险再去出面，不如仍然跟石三友合作——自己出资本，让石三友偷运到城里去卖。主意一定，他便打发他老婆又去把石三友叫来商量。[2]

[2] 此处与下页手稿第一至二行有重复，根据上下文，将下页重复处在正文中进行了删除处理。

第17頁

本，讓石三友們々地去做。主意一定，他便打發他老婆又去把石三友叫來商議。最後商議的結果是：自己管拿錢、管想法收買，讓石三友裝作到縣里医院看病去，再派賈鴻年公開說去送他爹々進医院，实際上暗中作個監督，不要讓那"十三么"把錢都翻到他自己的口袋里去。

随機应变

第二天早晨，賈鴻年他媽先起來給賈鴻年把飯做好。在賈鴻年吃飯時候，他爹和他說："你路过公社先到医務所，就說你爹々肚疼得不能動，請他們派個出診大夫來給看一下。一会我到隊里給你請假就這樣說。""我爹々知道嗎？""知道！我昨天夜里就給他說過了！""請大夫能不同大夫一齊來嗎？""你可以跟大夫一同出來，然後就說你還有點事，讓他先走一步，你不是就可以往縣里去了嗎？大夫來了有我們接待，他自然不会再找你！"

賈鴻年吃過飯，推出車來要走，他父親追出來對住他的耳朵說："只託你捎办一件事：捎買兩條蔴袋。"賈鴻年答應了一下說："也行！不过別的事我可再也不能管了！"

~~另一件是打聽一下市場，順便打聽一下煙葉的行情。"~~

賈鴻年按照他爹的設計，先到公社医務所請出医生來，打發医生上了路，就洋洋々地騎着車子往縣里進發。他喜出望外的是他爹答应給他改良"寫作環境"。他以為這

25×20=500

最后商议的结果是：自己管拿钱，管想法收买，让石三友装作到县里医院看病去，再派贾鸿年公开说去送他舅舅进医院，实际上暗中作个监督，不要让那“十三么”把钱都翻到他自己的口袋里去。

随机应变

第二天早晨，贾鸿年他娘先起来给贾鸿年把饭做好。在贾鸿年吃饭时候，他爹和他说：“你路过公社，先到医务所，就说你舅舅肚疼得不能动，请他们派个出诊大夫来给看一下。一会我到队里给你请假就这样说。”“我舅舅知道吗？”“知道！我昨天夜里就给他说过了！”“请大夫能不同大夫一齐来吗？”“你可以跟大夫一同出来，然后就说你还有点事，让他先走一步，你不是就可以往县里去了吗？大夫来了有我们接待，他自然不会再找你！”

贾鸿年吃过饭，推出车来要走，他父亲追出来对住他的耳朵说：“只托你捎办一件事：捎买两条麻袋。”贾鸿年考虑了一下说：“也行！不过别的事我可再也不能管了！”

贾鸿年按照他爹的设计，先到公社医务所请出医生来，打发医生上了路，就得意洋洋地骑着车子往县里进发。他喜出望外的是他爹答应为他改良“写作环境”。他以为这

第 18 頁

不但有利於你的寫作，而且還能引誘王蘭改變她的不離山區的打算。所沒有得到保障的是和王蘭通不了信，再找她去又怕說不服她反倒[遭]她一次鄙視。他也想到趁這一次借錢之便，求李老師作個好事，給他們兩個人約哪一天到學校談談，使她重新考慮她的"前途"。他又是這樣把幾種心事攪在一塊翻來覆去想着，就已經到了縣城關。他打城南關的牲畜市場旁边經過，這牲畜市場給了他個啓發，使他很不費氣力地創造了個向李老師借錢的理由——從他頭天晚上產生這個借錢的念頭的時候起，自然也創造了一些理由，但都不像這次的新創造那樣更容易打動李老師答應。他很了解李老師幫助集體是會比幫助個人更加熱情的。至於他究竟創造了個什么理由，讓他见了李老師自己說吧。

李老師住在什么地方他很熟悉，一進城就直奔李老師家，可惜他來得還是稍遲一點——他一進院門，碰上李老師正提着书包往外走。李老師一看見是他，就匆匆忙忙地說："鴻年！找我嗎？現在我要去開個会，你下午四點以後來玩吧！""不，不！李老師！我只和你說一兩句話，商量個事兒！"賈鴻年看見机会不巧，就暂且把約王蘭的事擱開，先說借錢

25×20=500

不但有利于以后的写作，而且还能引诱王兰改变她的不离山区的打算。尚没有得到保障的是和王兰通不了信，再找她去又怕说不服她反招她一次鄙视。他也想到趁这一次借钱之便，求李老师作作（做做）好事，约他们两个人哪一天到学校谈谈，使她重新考虑她的“前途”。他又是这样把几种心事搅在一块翻来覆去想着，就已经到了县城关。他打城南关的牲畜市场旁边经过，这牲畜市场给了他个启发，使他很不费气力地创造了个向李老师借钱的理由——他头天晚上产生这个借钱的念头的时候起，自然也创造了一些理由，但都不像这次的新创造那样更容易打动李老师答应。他很了解李老师帮助集体是会比帮助个人更加热情的。至于他究竟创造了个什么理由，让他见了李老师自己说吧。

李老师住在什么地方他很熟悉，一进城就直奔李老师家，可惜他来得还是稍迟一点——他一进院门，碰上李老师正提着书包往外走。李老师一看见是他，就匆匆忙忙地说：“鸿年！找我吗？现在我要去开个会，你下午四点以后来玩吧！”“不，不！李老师！我只和你说一两句话，商量个事儿！”贾鸿年看见机会不巧，就暂且把约王兰的事抛开，先说借钱

第 19 页

好事——就连借钱这件事，说起来也要比他原来准备的说法简单得多。李老师追他说："你就快说吧！""我们生产队里在南关市场上买好一头骡子，差一百块钱，让我来求你就借一步，回头之后就……""可以！"李老师再没有多说话，转回身去取出活期存款的存折来递给他说："你自己到银行取一百块，回头把折子送回家里来好了！"说罢便提着书包去了。

鸿年翻开李老师的折子一看，看见折子上还有三百多块存款，就先到银行取出一百块来，又把折子送回去。他顺路逛到初级市场，见那里有几个卖烟叶的，都是只有几斤的小卖主。买家虽然都只买个一斤半斤，可是成交的也相当多，好的还有卖到十块一斤的。他看了一阵，便推着车子走出市场。又和头一天一样，他也没有马上上车，只是推着车子算账。他以收价一块六、卖价九块六来计算，是五倍利，一百块钱可以赚到五百块，跟宝宝平分也分到二百五十块，只用一趟就能把上院西房买到手了。计算到这里他很起劲，上了车子一溜烟，不到一个钟头就走到公社。他走过公社供销社门口，忽然想起一件事来："呀！苏袋，苏袋！忘了买！就在这里买两条算了！"他返回到公社供销社，买了两条苏袋，正把刚才借到的一百块钱掏出来去付苏袋钱，忽听到背后有个人说："发财呀鸿年！你

25×20=500

的事——就连借钱这件事，说起来也要比他原来准备的说法简略得多。李老师追他说："你就快说吧！""我们生产队里在南关市场上买好一头骡子，差一百块钱，托我来求你就借一步，回去之后就……""可以！"李老师再没有多说话，转回身去取出活期存款的存折来递给他说："你自己到银行取一百块，回头把折子送回家里来好了！"说吧（罢）便提着书包去了。

贾鸿年翻开李老师的折子一看，看见折子上还有三百多块存款，就先到银行取出一百块来，又把折子送回去。他路过初级市场，见那里有几个卖烟叶的，都是只有几斤的小卖主。买家虽然都只买个一斤半斤，可是成交的也相当多，好的还有卖到十块一斤的。他看了一阵，便推着车子走出市场。又和头一天一样，他也没有马上上车，只是推着车子算账。他以收价一块六、卖价九块六来计算，是五倍利，一百块钱可以赚到五百块，跟舅舅平分也分到二百五十块，只用一趟就能把上院西房买到手了。计算到这里他很起劲，上了车子一溜烟，不到一个钟头就走到公社。他走过公社供销社门口，忽然想起一件事来："呀！麻袋，麻袋！忘了买！就在这里买两条算了！"他返回到公社供销社，买了两条麻袋，正把刚刚借到的一百块钱掏出来去开麻袋钱，忽听到背后有个人说："发财呀鸿年！你

第 20 頁

買蘇袋做什么用？”賈鴻年一回頭，見是和自己同村不同隊也不同学校的一個高中畢業生提着個罐子來買蜂蜜，便有點後悔，可是已經碰上了，也得支唔一陣子，便說：“你也來了？我是來替我爹爹請大夫的！”那個後生和他開玩笑說：“我問的是買蘇袋，你答的是請大夫，难道是要用蘇袋裝大夫嗎？”滿屋里人听着都笑了。賈鴻年一時找不着回話，就趁勢裝作笑得喘不上氣來。不過賈鴻年是有創造天才的，笑了一陣便想出來個答案。他說：“我的一位老师要我替他弄些乾白菜！”信貸員听出了破綻。信貸員說：“鮮菜還吃不了哩，怎么就吃起乾菜來了？”你要听到賈鴻年下一句答話，你就更得佩服他編造得快。他不慌不忙說：“听他說是綏吳区他一個親戚買！”鄰近地区的大水災是人所共知的。他這么一說，大家自然完全相信了。

賈鴻年回到家，把錢和蘇袋交給他爹，並向他爹敘述了他在買蘇袋時候那些創造性的扯慌，报告了外里烟葉價錢上漲。他爹說：“你說得很好！咱们往外拿烟葉的時候，萬一有人碰上，也就說是乾白菜好了。我去找你舅舅商量！”

賈進恆見了石三支，說外里烟葉起價了。石三支說：“要做就得快！我們生意行中常說‘快休來’，實際上應該說是‘快休慢來’。听見快了馬上來還

25×20=500

买麻袋做什么用？”贾鸿年一回头，见是和自己同村不同队也不同学校的一个高中毕业生提着个罐子来买蜂蜜，便有点后悔，可是已经碰上了，也得支唔（吾）一阵子，便说：“你也来了？我是来替我舅舅请大夫的！”那个后生和他开玩笑说：“我问的是买麻袋，你答的是请大夫，难道是要用麻袋装大夫吗？”满屋里人听着都笑了。贾鸿年一时找不着回话，就趁势装作笑得喘不上气来。不过贾鸿年是有创造天才的，笑了一阵便想出来个答案。他说：“我的一位老师要我替他弄些干白菜！”售货员听出了破绽。售货员说：“鲜菜还吃不了哩，怎么就吃起干菜来了？”你要听到贾鸿年下一句答话，你就更得佩服他编造得快。他不慌不忙说：“听他说是给灾区他一个亲戚买！”邻近地区的大水灾是人所共知的。他这么一说，大家自然完全相信了。

贾鸿年回到家，把钱和麻袋交给他爹，并向他爹报告了县里烟叶价钱上涨，又叙述了他在买麻袋时候那些创造性的扯谎。他爹说：“你说得很好！咱们往外拿烟叶的时候，万一有人碰上，也就说是干白菜好了。我去找你舅舅去！”

贾连升见了石三友，说出县里烟叶起了价。石三友说：“要做就得快！我们生意行中常说‘快休来’，实际上应该说是‘快休慢来’。听见快了马上来还

第 21 頁

是经得上的。這一来是外地有人来收買，若客户一走，價錢馬上就会掉下来。最好是今天夜里收起来，明天一早就弄上街走。”

周来順

他们两家人在收購時候分了分工：賈連陞夫婦管分頭收買、石三友管裝箱、石三支老婆管到生產隊去借牲口還捎帶替外甥賈鴻年請假、賈鴻年已經有约在前“不参加”，只管在家裝一裝包，準備次日早晨送他舅舅“看病”去。

賈連陞夫婦的“任務”是不是容易完成呢？可以说是“也容易也不容易”。在秋收之後、總结分配之前，有一部分隊員往往缺零用錢——因為他们平時借支得多了一些，若再去借支，會計便怕他们長支了影响其他存户得不到現錢。這些人自己心中也有數，能不向隊張口就不張口，用着錢時候随便賣出一些從隊里分到的或者自留地收到的零星產品填補填補也就過去了。也有一部分人，自己不吸烟，把從隊里按户分来的自用烟葉，除送親戚朋友一部分外，剩下賣個錢零花。有這樣一個原因，所以他夫婦的“任務”就容易完成。可是倒賣東西總不是合理合法的体面事，不能搞起旗號来做，只能在白天分散找对家，到夜里偷偷摸摸往回取，賈這家的不敢讓那家知道，所以也不那么容易

25×20=500

是赶得上的。这一定是外地有人来收买，等客户一走，价钱马上就会摔下来。最好是今天夜里收起来，明天一早就弄上走。”

周来顺

他们两家人在收购时候分了分工：贾连升夫妇管分头收买、（；）石三友管装病、（；）石三友老婆管到生产队去借牲口还捎带替外甥贾鸿年请假、（；）贾鸿年已经有约在前“不参加”，只管在家装一装包，准备次日早晨送他舅舅“看病”去。

贾连升夫妇的“任务”是不是容易完成呢？可以说是“也容易也不容易”。有一部分人，自己不吸烟，把从队里按户分来的自用烟叶，除送亲戚、朋友一部分外，剩下卖个钱零花。有这样一个原因，所以他夫妇的“任务”就容易完成。可是倒卖东西总不是合理合法的体面事，不能插起旗号来做，只能在白天分散找对象，到夜里偷偷摸摸往回取，买这家的不敢让那家知道，所以也不那么容易

第 22 頁

做。他们在每個卖主那里，都只说是“我一個親戚，託我给他买几斤烟叶子”。這些卖主總共不過十几户，又分散在六個生產队里，所以彼此都不知道除了自己还有别人也卖给他们多少。困難也罷，容易也罷，這天截至睡觉時候，他们一共买到六十二斤。

石三友的“任務”也完成得很理想：早晨请来大夫打一遍針馬啡，买過一些大夫開的藥（自然是没有吃），上午哼哼得轻、下午哼哼得重、晚上喊叫得要命。他老婆也按原定計劃在大家快要睡觉的時候找着队長，说石三友肚子越疼越凶，公社医務所的藥不頂事，得到县里医院去，須要借队里個牲口，並且讓贾鴻年去送。

石三友闹了一天病，队長也信以為真了。队長向石三友老婆说：“队里正忙着整地（秋耕），牲口撤不出来，不過看病也要紧，我一会给你想办法。你回去先叫贾鴻年来一下！”石三友老婆答应着，装作急急忙忙的樣子走了。一会，贾鴻年来了，队長说：“队里的牲口忙得撤不出来。三队的大車明天去拉煤路過县里，要给咱们队里捎三百斤烟葉。回頭我跟他们連系一下，就讓你舅舅趕個早坐那個車去好了。你要去送你舅舅的話，替咱们队到收購站過過秤、收收款，把錢帶回来，我也就不派会計去了！”队長這樣信任贾鴻年，

25×20=500

做。他们在每个卖主那里，都只说是“我一个亲戚，托我给他买几斤烟叶子”。这些卖主总共不过十几户，又分散在六个生产队里，所以彼此都不知道除了自己还有别人也卖给他们多少。困难也罢，容易也罢，这天截至睡觉时候，他们一共买到六十一斤。

石三友的“任务”也完成得很理想：早晨请来大夫打过一针马（吗）啡，买过一些大夫开的药（自然是没有吃），上午哼哼得轻、下午哼哼得重、晚上喊叫得要命。他老婆也按原定计划在大家快要睡觉的时候找着队长，说石三友肚子越疼越凶，公社医务所的药不顶事，得到县里医院去，须（需）要借队里个牲口，并且让贾鸿年去送。

石三友闹了一天病，队长也信以为真了。队长向石三友老婆说：“队里正忙着杀地（秋耕），牲口撤不出来，不过看病也要紧，我一会给你想办法。你回去先叫贾鸿年来一下！”石三友老婆答应着，装作急急忙忙的样子走了。一会，贾鸿年来了，队长说：“队里的牲口忙得撤不出来。三队的大车明天去拉煤路过县里，要给咱们队里捎交三百斤烟叶，回头我跟他们连（联）系一下，就让你舅舅起个早坐那个车去好了。你要去送你舅舅的话，替咱们队到收购站过过秤、收收款，把钱带回来，我也就不派会计去了！”队长这样信任贾鸿年，

第23頁

这时贾鸿年说来又是喜出望外的事，自然满口答应下了。他们原来的计划是：鸡叫起身，贾鸿年背上麻袋，让石三友骑上骡子；等出了村，石三友下来，把麻袋搭在骡鞍上驮着。可是他们觉着这个办法有危险性——万一碰上个熟人，就要露底。再说让贾鸿年直背一路吧，贾鸿年这个才参加生产的中学生，没有那个本领。三队的大车好像成全了他们这宗鬼事。

拉煤车起身比鸡叫还要早，他两家自然早早做了准备。车走过石三友门边停下来，石三友束着腰、捂着嘴，由他老婆和贾鸿年搀扶着，哼哼唧唧上了车，斜靠在给队里捎的那烟叶捆子上。贾鸿年和赶大车的说："给我们老师捎点乾白菜可以吗？""多少？""两包包！""可以！不过要快点拿！""快！"贾鸿年答应着往回家的路上跑——石三友揣着个"十三么"的名声，为了怕三队里赶大车的人看出破绽，他们不敢先把东西拿到石三友家门口来。贾鸿年圆转了个湾，他爹贾连陞早把麻袋放在那里等着他。当他把麻袋背起来的时候，他爹还悄悄嘱咐他说："多留点神！你舅舅可是铁面不认人的！不要叫先给他赶个快！"

到了街里，石三友下了车，赶车的把货卸到收购站门口就赶着空车往煤窑上去了。石三友见车走远了，停止了

25×20=500

对贾鸿年说来又是喜出望外的事，自然满口答应下了。他们原来的计划是：鸡叫起身，贾鸿年背上麻袋，让石三友骑上骡子；等出了村，石三友下来，把麻袋搭在骡鞍上驮着。可是他们觉着这个办法有危险性——万一碰上个熟人，就要露底。再说让贾鸿年直背一路吧，贾鸿年这个才参加生产的中学生，没有那个本领。三队的大车好像成全了他们这宗鬼事。

拉煤车起身比鸡叫还要早，他两家自然早早做了准备。车走过石三友门边停下来，石三友束着腰、捂着嘴，由他老婆和贾鸿年搀扶着，哼哼唧唧上了车，斜靠在给队里捎的那烟叶捆子上。贾鸿年和赶大车的说："给我们老师捎点干白菜可以吗？""多少？""两包包！""可以！不过要快点拿！""快！"贾鸿年答应着往回家的路上跑——石三友挂着个"十三么"的名誉，为了怕三队里赶大车的人看出破绽，他们不敢先把东西拿到石三友家门口来。贾鸿年刚转了个湾（弯），他爹贾连升早把麻袋放在那里等着他。当他把麻袋背起来的时候，他爹还悄悄嘱咐他说："多留点神！你舅舅可是认钱不认人的！不要叫光给他赶个快！"

到了县里，石三友下了车，赶车的把货卸到收购站门口就赶着空车往煤窑上去了。石三友见车走远了，停止了[3]

[3] 此处"了"字与下页手稿的第一个"了"字重复，对下页"了"字在正文中进行了删除处理。

第 24 頁

了嘆了问贾鸿年说："我好長時間没有在外里住過店了。這里哪個客店雜乱一點？""北门里的两家小店都清静！""我说的是'雜乱一點'！清静了你走動起来人家都会注意。幹這個不能住清静地方！""論雜乱那要数汽車站背後的'隆昌客棧'，老不關门，隨時都是有来的有去的！""最好！我先拿一個蔴袋去，你交了貨，拿上那一個蔴袋就来吧！"话罢，背起蔴袋一溜風，肚子本来就不疼，現在自然也不会疼起来。

贾鸿年交了烟葉，領了交售证和一百八十塊價款，背起另一條蔴袋就到隆昌客棧找石三友。他问服務员们剛才来的一位姓石的住在哪间房里。服務员们都说没有個姓石的客人進来。石三友在二十三号房间里听出是贾鸿年的聲音，就拉開门说："鸿兒！你且到這里来吧！老石还没有来哩！"贾鸿年一看見是石三友，又听他说'老石'还没有来，不便问他是鬧什么鬼，就把蔴袋背進二十三号去了。他把這個蔴袋放在石三友已經背来的那個蔴袋上，然後问石三友说："哪里还有個老石？""哪里还有什么'老石'？我在登记簿子上改了名字了，你又找姓石的，我也只好说还有個老石！""你登记了個什么名字？我以後怎么找？""再来你就找'周来順'！""怎么叫那么個名字呢？""順順當當就謅来了，还不是'謅来順'？你怎么這時候才来？真把我等急了！""賣烟葉的人太多，是排隊交的！"

哼哼问贾鸿年：“我好长时间没有在县里住过店了。这里哪个客店杂乱一点？”“北门里的两家小店都清静！”“我说的是‘杂乱一点’！清静了你走动起来人家都会注意。干这个不能住清静地方！”“论杂乱那要数汽车站背后的‘隆昌客栈’，老不关门，随时都是有来的有去的！”“最好！我先拿一个麻袋去，你交了货，拿上那一个麻袋就来吧！”说罢，背起麻袋一溜风，肚子本来就不疼，现在自然也不会疼起来。

贾鸿年交了烟叶，领了交售证和一百八十块价款，背起另一条麻袋就到隆昌客栈找石三友。他问服务员们刚才来的一位姓石的住在哪间房里。服务员们都说没有个姓石的客人进来。石三友在二十三号房间里听出是贾鸿年的声音，就拉开门说：“鸿儿！你且到这里来吧！老石还没有来哩！”贾鸿年一看见是石三友，又听他说“老石”还没有来，不便问他是闹什么鬼，就把麻袋背进二十三号去了。他把这个麻袋放在石三友已经背来的那个麻袋上，然后问石三友说：“哪里还有个老石？”“哪里还有什么‘老石’？我在登记簿子上改了名字了，你又找姓石的，我也只好说还有个老石！”“你登记了个什么名字？我以后怎么找？”“再来你就找‘周来顺’！”“怎么叫那么个名字呢？”“顺顺当当就诌来了，还不是‘诌来顺’？你怎么这时候才来？真把我等急了！”“交烟叶的人太多，是排队交的！”

第25頁

其實不止"周來順"這個新名字是編來的，自從賈鴻年和李老師借錢起，他們兩家對外說的話，幾乎沒有一句不是編來的，而且也都編得很順。賈鴻年本人雖說一再聲明他自己"不參加"，可是有好多次對外講話，比他們編得更順。

賈鴻年說："實實！生意是你和我合夥做的。我在這里熟人太多，今天又是個趕集天，這事情我就不便再過問了！"石三友滿口應承說："行！一切有我，以後你就不要管了！"賈鴻年想："還不行！都由他管，我這一百塊錢算是白借了！"他這么一想，便趕快補充說："不過你上年紀了，生活上總得有人照顧。有什么光跑腿的事，告訴我，我們還可以替你跑跑！""可以！咱們不要拿貨，先到市場去看看風頭！"說罷，兩個人同時走出來，石三友回手把這二十三號房間的門兒鎖上。

两度成交

石三友頭一天因為裝病，招動得鄰居們來來往往地問候，一天只吃了兩頓飯；這天早上又因為趕煤大車走得過早，特做的早飯才吃了個半飽就上了車，這時已經是下午三點來鐘，實在有點餓了。當他們走過初級市場的小飯店門口，石三友說："咱們先吃點東西好不好？"賈鴻年說："我怕碰上同學！"石三友說："那我一個人吃去好了！

25×20=500

其实不止“周来顺”这个新名字是诌来的，自从贾鸿年和李老师借钱起，他们两家对外说的话，几乎没有一句不是诌来的，而且也都诌得很顺。贾鸿年本人虽说一再声明他自己“不参加”，可是有好多次对外讲话，比他们诌得更顺。

贾鸿年说：“舅舅！生意是你和我爹伙做的。我在这里熟人太多，今天又是个星期天，这事情我就不便再过问了！”石三友满口应承说：“行！一切有我，以后你就不要管了！”贾鸿年想：“还不行！都由他管，我这一百块钱算是白借了！”他这么一想，便赶快补充说：“不过你上年纪了，生活上还得有人照顾。有什么光跑腿的事，告诉我我仍然可以替你跑跑！”“可以！咱们不要拿货，先到市场去看看风头！”说罢，两个人同时走出来，石三友回手把这二十三号房间的门儿锁上。

两度成交

石三友头一天因为装病，招动得邻居们来来往往地问候，一天只吃了两顿饭；这天早上又因为拉煤大车走得过早，特做的早饭才吃了个半饱就上了车，这时已经是下午三点来钟，实在有点饿了。甥舅们走过初级市场的小饭店门口，石三友说：“咱们先吃点东西好不好？”贾鸿年说：“我怕碰上同学！”石三友说：“那我一个人吃去好了！”

你先给咱们打听一下现在的烟叶行情！”“我不是说过我不参加辩嗎？”“也不让你买、也不让你卖，光看一看人家别人成交有什么關係？”贾鸿年没有再说什么，石三友便走進飯店去。

贾鸿年又走到头一天去過的那块摆着烟叶卖的地方，見仍是拿着個三五斤烟叶的小卖户，不過户数要比头一天多，價錢已經落到四五塊錢一斤。他一看到這種情况，便不像头一天那樣感兴趣了。他正準備回小飯店去向石三友报告這種不利的情况，可是突然又听到個更不利的消息——有個人正用五塊錢買一斤烟叶，過了秤还没有付錢，一個青年學生跑過来跟他说：“大爷，不要在這里买！山货店门口有個摆摊的才卖一塊六一斤！”“一塊六？”“一塊六！烟叶还比這個好！”那個人馬上向卖主说：“不要秤了，我不买了！”说着就跟那個青年相跟着去了。还有些正準備在這里买的人，也都喊道着“一塊六”、“一塊六”跟着走了。贾鸿年半信半疑，跟着這些人也到山货店门口去看，只見一個小平車上摆着一堆烟叶子，大约有一二十斤，旁边地上還放着一整捆子没有解開；後边坐着個白鬍子老头正在收一個买主的錢，旁边站着個中年人给另一個买主秤烟叶，前边還有两個人等着要买。被

“你先给咱们打听一下现在的烟叶行情！”“我不是说过我不参加干吗？”“也不让你买、也不让你卖，光看一看人家别人成交有什么关系？”贾鸿年没有再说什么，石三友便走进饭店去。

贾鸿年又走到头一天去过的那块摆着烟叶卖的地方，见仍是拿着个三五斤烟叶的小卖户，不过户数要比头一天多，价钱已经落到四五块钱一斤。他一看到这种情况，便不像头一天那样感兴趣了。他正准备返回小饭店去向石三友报告这种不利的情况，可是突然又听到个更不利的消息——有个人正用五块钱买一斤烟叶，过了秤还没有付钱，一个青年学生跑过来跟他说：“爹，不要在这里买！山货店门口有个摆摊的才卖一块六一斤！”“一块六？”“一块六！烟叶还比这个好！”那个人马上向卖主说：“不要秤了，我不买了！”说着就跟那个青年相跟着去了。还有些正准备在这里买的人，也都念道（叨）着“一块六”、“一块六”跟着走了。贾鸿年半信半疑，跟着这些人也到山货店门口去看，只见一个小平车上摆着一堆烟叶子，大约有一二十斤，旁边地上还放着一整捆子没有解开；后边坐着个白胡子老头正在收一个买主的钱，旁边站着个中年人给另一个买主秤烟叶，前边还有两个人等着要买。被

第27頁

那個青年學生剛剛領來的那個人擠到前边問價。那老頭喊着說："一塊六！"那個拿秤的說："往他們兩個後边站，挨次序來！不要擠！"

賈鴻年一見到這新的情況吃了一驚——因為他們的貨是一塊六買進來的。他累得滿頭大汗跑到飯店，嘴對住他舅舅石三友的耳朵報告了一下，石三友還沒有把要來的飯菜吃完，就急急忙忙算了賬，又是半飢半飽地跟着賈鴻年到山貨店門口的小攤子边來了。石三友只站在離攤子十來步遠的地方，估量了一下有多少貨，又瞭望了一下賣貨的人，隨手拉了賈鴻年一把，扭頭就走。賈鴻年跟着他走到個僻靜處，他說："鴻兒！我看咱這生意非賠大一點不行了！"賈鴻年問他什么道理，他說："那個老傢伙是個跑生意的老手，當年我在河南禹州會上跟他遇過。這傢伙一定是個已經找好出路的收買家，現在先拿出一些貨來壓一壓價然後他好收買！""你從什么地方斷定是這樣子哩？""這很明白：他要真是個零賣的商人，就照剛才你說那兩塊的市價賣，只要賣三十多斤就要得到他現在賣一百斤的錢，為什么他要減到現在這個價錢呢？""現在咱們該怎么办哩？""怎么办？買他的！把他那些东西買下來放進隆昌客棧，馬上的價錢就又會起來！""別人再擺出來那

25×20=500

那个青年学生刚刚领来的那个人挤到前边问价，那老头喊着说：“一块六！”那个拿秤的说：“往他们两个后边站，按次序来！不要挤！”

贾鸿年一见到这新的情况吃了一惊——因为他们的货是一块六买进来的。他累得满头大汗跑到饭店，嘴对住他舅舅石三友的耳朵报告了一下，石三友还没有把要来的饭菜吃完，就急急忙忙算了帐，又是半饥半饱地跟着贾鸿年到山货店门口的小摊子边来了。石三友只站在离摊子十来步远的地方，估量了一下有多少货，又瞭望了一下卖货的人，随手拉了贾鸿年一把，扭头就走。贾鸿年跟着他走到个僻静处，他说：“鸿儿！我看咱这生意非干大一点不行了！”贾鸿年问他什么道理，他说：“那个老家伙是个跑生意的老手，当年我在河南禹州会上跟他遇过。这家伙一定是个已经找好出路的收买家，现在先拿出一些货来压一压价然后他好收买！”“你从什么地方断定是这样子哩？”“这很明白：他要真是个零卖的商人，就照刚才你说那五块的市场价，只要卖三十多斤就要得到他现在卖一百斤的钱，为什么他要减到现在这个价钱呢？”“现在咱们该怎么办哩？”“怎么办？买他的！把他那些东西买下来放进隆昌客栈，马上的价钱就又会起来！”“别人再摆出来那

第 28 页

么卖，又该怎么办？""没有那种人！现在照那价钱，谁也只能收到手，那么卖还有什么利？""没有钱呀！""就把你给队里卖烟叶那钱借用了！""那怎么交代队里哩！""傻瓜！今天用了，明天就赚回来了！要是卖不出去，最笨的办法也不过再卖一块六往外推！""得多少钱？"石三友估计了一番说："你先给我一百吧！"贾鸿年先把在收购站拿到的两叠票子中间那个捆在一处的整一百元给了石三友。石三友数了一下，匆匆忙忙地返回山货店门口。

贾鸿年为了监督石三友在成交时候不打埋伏，就也随后跟了去装作没事人的样子站在远处看。这时候，买烟叶的人们排了队，石三友前边也不过站有五六个人，石三友后边也有几个人零零星星挨次站上去。前边那几位都只是些买一斤半斤的小买主，很容易打发。轮到石三友，老头问他买多少，他说："你一共秤一秤看有多少！""你一齐统要呀？""对！""为什么要那么多？""卖饭的还怕人家肚子大？""可是还有别人哩！""再碰上了他们最好站到前头！"老头子端详了一下石三友，又回头看他旁边拿称的那位中年人说："怎么？卖？"中年人也看了石三友一眼，放了个慷慨说："卖给他！"说了便到背后的山货店里借了一杆大

25×20=500

么卖，又该怎么办？”“没有那种人！现在照那价钱，谁也只能收到手，那么卖还有什么利？”“没有钱呀！”“就把你给队里卖烟叶那钱借用了！”“那怎么交代队里哩！”“傻瓜！今天用了，明天就卖回来了！要是卖不出去，最笨的办法也不过再卖一块六往外推！”“得多少钱？”石三友估计了一番说：“你先给我一百吧！”贾鸿年先把在收购站拿到的两叠票子中间那个捆在一处的整一百元给了石三友，石三友点了一下，匆匆忙忙地返回山货店门口。

贾鸿年为了监督石三友在成交时候不打埋伏，就也随后跟了去装作没事人的样子站在远处看。这时候，买烟叶的人们排了队，石三友前边也不过站有五六个人，石三友后边也有几个人零零星星挨次站上去。前边那几位都只是些买一斤半斤的小买主，很容易打发。轮到石三友，老头问他买多少，他说：“你一共秤一秤看有多少！”“你一统要呀？”“对！”“为什么要那么多？”“卖饭的还怕人家肚子大？”“可是还有别人哩！”“再碰上了他们最好站到前头！”老头子端详了一下石三友，又回头看他旁边拿称的那位中年人说：“怎么？卖？”中年人也看了石三友一眼，放了个慷慨说：“卖给他！”说了便到背后的山货店里借了一杆大

第29頁

秤一總称了一下，共有四十一斤半，合價六十六塊四。石三友付過價，叫了一輛小平車推着回隆昌客棧去了。

擠在石三友後也沒有買到的人紛紛議論着：“他買那么多幹什么？”“一定是奸商！”“咱們就該攔住問問他！”……說是這么說，可是也沒有人認真去趕石三友，就都紛紛走散，有幾個往那些小賣主擺烟葉的攤子上去，賈鴻年也跟着這幾個人來看動靜。

一個鄉里的小市場，僅僅因為石三友買去四十來斤烟葉，就引起烟葉價錢上很大個變動。自從听到“一塊六”的行情之後，小賣主的攤子上便多人過問，因此有幾個人也按一塊六錢賣了去了，也有幾個認為價錢不合適把貨拿回去了，剩下了不多幾個人也不賤賣、也不退場，但是也不着急，只是呆坐在那里吸着烟看動靜，看樣子是幾個職業小販，就是一天不開市他們也不會改行。從山貨店門口空回來的買主們中間，有一個人又來向一個小賣主問價：“多少一斤？”“五塊！”“人家那邊一塊六，你還賣五塊呀？”“那你為什么不去買一塊六的？”“人家賣完了！”“我不管他！反正我這里是五塊！”另一個人說：“五塊就五塊！我只買半斤！”“要多少算多少！”這個攤子上賣開了半斤，另一些攤子上也一斤半斤地賣開了。買主們雖說都只買

25×20=500

秤一总称了一下，共有四十一斤半，合价六十六块四。石三友付过价，叫了一辆小平车推着回隆昌客栈去了。

排在石三友后边没有买到的人纷纷议论着："他买那么多干什么？""一定是奸商！""咱们就该拦住问问他！"……说是这么说，可是也没有人认真去赶石三友，就都纷纷走散，有几个仍往那些小卖主摆烟叶的摊子上去，贾鸿年也跟着这几个人来看动静。

一个县里的小市场，仅仅因为石三友买去四十来斤烟叶，就引起烟叶价钱上很大个变动。自从听到"一块六"的行情之后，小卖主的摊子上便无人过问，因此有几个人也按一块六贱卖了走了，也有几个认为价钱不合适把货拿回去了，剩下了不多几个人也不贱卖、也不退场，但是也不着急，只是呆坐在那里吸着烟看动静，看样子是几个职业小贩，就是一天不开市他们也不会改行。从山货店门口空回来的买主们中间，有一个人又来向一个小卖主问价："多少一斤？""五块！""人家那边一块六，你还卖五块呀？""那你为什么不去买一块六的？""人家卖完了！""我不管他！反正我这里是五块！"另一个人说："五块就五块！我只买半斤！""要多少算多少！"这个摊子上卖开了半斤，另一些摊子上也一斤半斤地卖开了。买主们虽说都只买

第30頁

個一斤半斤，賣主們拿的貨也都不多，再加上天也晚了些，一小会就快把所有的烟葉掃完，还有幾個賣主見別人賣得快了，預料明天还要上漲，提起籃子来要走，被和他們搭了話的買主攔着不放。

賈鴻年一看到這種變化，深深佩服了一次舊經濟制度中的價格法則和他舅這位生意老手："真靈！立竿見影！"他才發出這樣一句讚嘆，人群中忽然又傳来一句話説："山貨店門口又来了一小平車烟葉，还賣一塊六一斤！"賈鴻年一听這話，立刻又跑到山貨店門口去看，果然又有兩捆烟葉子擺在小平車上，賣主還是那個老頭和中年人——中年人正在那里解捆，口里喊叫着"一塊六一斤"。賈鴻年再也顧不上看人家成交，立刻跑往隆昌客棧去找石三友。他直接去到二十三号門口，見房門已經落鎖，就問服務員説："周来順沒有回来嗎？"服務員告他説又出去了，他又返回市場去，不過這一次總算遇上了。"舅舅！那個老頭又弄来兩捆！""知道了！我也正找你商量這個！""怎么办？""再買下来！""敢買嗎？""敢！他們一定是想趁這集快散的時候再多拿出一些来擺擺樣子，壓一壓明天的價，咱們給他收了他就擺不上了！""他明天要再拿出来呢？""在如今一個私人不会像過去那些坐莊

25×20=500

个一斤半斤，卖主们拿的货也都不多，再加上天也晚了些，一小会就快把所有的烟叶抢完，还有几个卖主见别人卖得快了，预料明天还要上涨，提起篮子来要走，被和他们接了话的买主拦着不放。

贾鸿年一看到这种变化，深深佩服了一次旧经济制度中的价格法则和他舅这位生意老手："真灵！立竿见影！"他才发出这样一句赞叹，人群中忽然又传来一句话说："山货店门口又来了一小平车烟叶，还卖一块六一斤！"贾鸿年一听这话，立刻又跑到山货店门口去看，果然又有两捆烟叶子摆在小平车上，卖主还是那个老头和中年人——中年人正在那里解捆，口里喊叫着"一块六一斤"。贾鸿年再也顾不上看人家成交，立刻跑往隆昌客栈去找石三友。他直接走到二十三号门口，见房门已经落锁，就问服务员说："周来顺没有回来吗？"服务员告他说又出去了，他又返回市场去，不过这一次总算遇上了。"舅舅！那个老头又弄来两捆！""知道了！我也正找你商量这个！""怎么办？""再买下来！""敢买吗？""敢！他们一定是想趁这集快散的时候再多拿出一点来摆摆样子，压一压明天的价，咱们给他收了他就摆不上了！""他明天要再拿出来呢？""在如今一个私人不会像过去那样坐庄家那樣大幹，不过比咱们幹的大一點就是了！這樣大一點小市場，他抛出来的多了難道不怕收不回去嗎？快拿出錢来吧！”賈鴻年把剩下来的八十塊錢全給了他。石三友這人再忙也不会误了點票子，點了一下数不差，就收起来走了。賈鴻年跟在後面说：“勇敢！你可小心點！”“不怕！貨拿到手就硬着一頭哩！赔也不到根底！”

老頭和那個中年人解開一捆又才賣了幾斤，就又趕上了石三友。老頭問中年人说：“怎么样？”中年人憤慨地说：“还賣给他！”他们又成交了。

两番採買

賈鴻年雖说佩服石三友做得有数，可是這樣越弄越大，又用的是自己該交給隊里的烟葉價款，總有點不放心，所以當石三友第二次僱了小平車推着買来的第二批烟葉回客棧去的時候，他便遠遠地尾隨着車子也跟了去；等推車的卸了貨推着空車出来的時候，他就走進去了。他沒有再問服務员，直接走進了二十三号，見石三友躺在鋪上休息，地上新買来的八十多斤烟葉連在家帶来的兩蔴袋（六十斤）堆得有一人高。石三友沒有起来，只用嘴指了指桌旁边的椅子讓他坐下。他眼望着烟葉向石三友说：“這么多的東西叫怎么處理呢？”“賣！五塊賣了也合算！

客那样大干，不过比咱们干的大一点就是了！这样大一点小市场，他抛出来的多了难道不怕收不回去吗？快拿出钱来吧！”贾鸿年把剩下来的八十块钱全给了他。石三友这人再忙也不会误了点票子，点了一下数不差，就收起来走了。贾鸿年赶在后面说：“舅舅！你可小心点！”“不怕！货拿到手就硬着一头哩！赔也不至于没底！”

老头和那个中年人解开一捆才卖了几斤，就又碰上了石三友。老头问中年人说：“怎么办？”中年人愤慨地说：“还卖给他！”他们又成交了。

两番探舅

贾鸿年虽说佩服石三友做得有效，可是这样越弄越大，又用的是自己应该交给队里的烟叶价款，总有点不放心，所以当石三友二次雇了小平车推着买来的第二批烟叶回客栈去的时候，他便远远地尾随着车子也跟了去；等推车的卸了货推着空车出来的时候，他就走进去了。他没有再问服务员，直接走进了二十三号，见石三友躺在铺上休息，地上新买来的八十多斤烟叶连在家带来的两麻袋（六十一斤）垛得有一人高，石三友没有起来，只用嘴指了指桌旁边的椅子让他坐下。他眼望着烟叶问石三友说：“这么多的东西叫怎么处理呢？”“卖！五块卖了也合算！

第 ~~25~~ 32 頁

不過那老傢伙要是找我講和，咱們就甭得談他的賬——這個你都不懂！一切由我跟他泡吧！""可是我明天回去交不了隊里的烟葉價款又怎么办？""你明天回去幹什么？只能等咱們處理完了一同回去！""回去得遲了怎么跟隊里講呀？""你是個聰明孩子，連這也不會說？照顧病人就不能有一定的期限！誰知道我的病要幾天才能好哩？""行！我懂了！你計劃明天的事吧，我走了！""你住哪個店？""我到學校隨便在哪位同學的宿舍里擠一擠就行！"說着就走了。

賈鴻年去後，石三友閉上眼睛捉摸他第二天如何和那個老商人鬥寶，可是不多一会，又听見有人開了门走進來。來人沒有先敲门，他以為一定又是賈鴻年返回來了。他說："你回來得正好！咱們得先打听一下……"他本來要說先打听一下那個老商人的住處，可是沒有等說出來，又听得地上的腳步聲複雜化了。他睜眼一看，驚得他從鋪上跳起來。見地上站着兩個警察和一個穿幹部制服的人，那個幹部看了看那一堆烟葉，就回身坐到剛才賈鴻年坐過的那把椅子上。客棧經理走進來，指着石三友向那位幹部說："烟葉就是這位客人買的！"那幹部問石三友："你是哪里人？叫什么名字？""我叫周來順！是周村鎮人！"你鎮里倒有個

25×20=500

不过那老家伙要是找我讲和，咱们就还得认他的账——这个你不懂！一切由我跟他泡吧！”“可是我明天回去交不了队里的烟叶价款又怎么办？”“你明天回去干什么？只能等咱们处理完了一同回去！”“回去得迟了怎么跟队里讲呀？”“你是个聪明孩子，连这也不会说？照顾病人就不能有一定的期限！谁知道我的病要几天才能好哩？”“行！我懂了！你计划明天的事吧，我走了！”“你住哪个店？”“我到学校随便在哪位同学的宿舍里挤一挤就行！”说着就走了。

贾鸿年走后，石三友闭上眼睛捉摸他第二天如何和那个老商人斗宝，可是不多一会，又听见有人开了门走进来。来人没有先敲门，他以为一定又是贾鸿年返回来了。他说：“你回来得正好！咱们得先打听一下……”他本来要说先打听一下那个老商人的住处，可是没有等说出来，又听得地上的脚步声复杂化了。他睁眼一看，见地上站着两个警察和一个穿干部制服的人，惊得他从铺上跳起来。那个干部看了看那一垛烟叶，就回身坐到刚才贾鸿年坐过的那把椅子上。客栈经理走进来指着石三友向那位干部说：“烟叶就是这位客人买的！”那干部问石三友：“你是哪里人？叫什么名字？”“我叫周来顺，是周村镇人。”县境里倒有个周村鎮，鎮上有一千多户人家。石三友所以要說自己是這個地方人有兩個用意：一來和自己假造的名字有些關連，二來鎮上户數多，不便稽查。可是這也糊弄不過去。那個幹部說：“太不老實！連姓名住址也胡扯起來！你住周村鎮什么巷、門牌幾号？讓我打電話問一問有沒有你這一户！”石三友見糊弄不過，便說了實話。那個幹部說：“這不對了嗎？”說着取出逮捕證來指着上边寫的名字讓他看：“对吧？”石三友見是自己的名字，再沒有什么話說，只是想猜測告發他的人是誰。那個幹部正式通知他說：“你被逮捕了！”說話間，院里同來的警察們把小平車叫來，把一堆子烟葉裝上了車，連人帶物一齊帶走了。

這時候，天大黑了，街上已經開了燈。石三友被押解着出離了隆昌客棧那條小胡同走到汽車站門口，遠遠看見排着隊買長途汽車票的人們中間有賈鴻年在；賈鴻年也遠遠地望着他，彼此間都沒有打招呼。

原來賈鴻年從客棧出來時候，剛剛走出這條小胡同口，就碰上五六個警察和幾個穿便服的人走進小胡同去。他不敢跟蹤，只遠遠地看到這些人進了隆昌客棧。他有點吃驚。他想即使是為了别的事，可是二十三号房間里那一堆東西是藏也藏不住的。他既不敢再返回去，又想打听個究竟，

25×20=500

周村镇，镇上有一千多户人家。石三友所以要说自己是这个地方人有两个用意：一来和自己假造的名字有点关联，二来镇上户数多，不便稽查。可是这也糊弄不过去。那个干部说："太不老实！连姓名住址也胡扯起来！你住周村镇什么巷、门牌几号？让我打电话问一问有没有你这一户！"石三友见糊弄不过，便说了实话。那个干部说："这不对了吗？"说着取出逮捕证来指着上边写的名字让他看："对吧？"石三友见是自己的名字，再没有什么话说，只是想猜测告发他的人是谁。那个干部正式通知他说："你被逮捕了！"说话间，院里同来的警察们又把小平车叫来，把一垛子烟叶装上了车，连人带物一齐带走了。

这时候，天大黑了，街上已经开了灯。石三友被押解着出离了隆昌客栈那条小胡同走到汽车站门口，远远看见排着队买长途汽车票的人们中间有贾鸿年在；贾鸿年也远远地望着他，彼此间都没有打招呼。

原来贾鸿年从客栈出来时候，刚刚走出这条小胡同口，就碰上五六个警察和几个穿便服的人走进小胡同去。他不敢跟踪，只远远地看到这些人进了隆昌客栈。他有点吃惊。他想即使是为了别的事，可是二十三号房间里那一垛东西是藏也藏不迭的。他既不敢再返回去，又想打听个究竟，所以就順便排在預購第二天長途汽車票的隊里，裝作要買票的樣子等候動靜，等了一陣，果然就把他舅舅和那些烟葉帶出來了。

石三友被押解着往前走，好事的人們跟在後边打听，越走人越多，賈鴻年也就離開了買汽車票的行列，參加到這為石三友送行的隊伍中來。人叢里居然有了解情况的。賈鴻年听到走在他身边的一個人問另一個人說：“這個人是哪里來的？”那個人回答說：“不知道！不過一定是個鄉下人！”“你怎么知道是鄉下人？”“要是城里人，他怎么敢倒騰供銷社賣的烟葉子？”又有個年輕人參加進來反駁說：“哪里是供銷社的烟葉？我可見他買來，是在山货店门口一個攤子上買的！”“你知道賣烟葉的是誰嗎？”“一個白鬍子老頭和一個中年人！”“对！那個老头是供銷社老黄！”“就沒有見供銷社有這么個人！”“他不到前边櫃上來，也許你認不得。這人是西關的，跑過行商，解放以後就參加了供銷社。供銷社吸收他，為的是在收購货物的時候估一估成色，平常就在倉庫里歸置歸置货物。”“那個中年人哩？”“那個人我也認不得！”偏有一個認得的說：“那不是個生意人！他平常天天到商業局上班，不知道是個什么幹部。”……大家七嘴八舌紛紛議論着，

25×20=500

所以就顺便排在预购第二天长途汽车票的队里，装作要买票的样子等候动静，等了一阵，果然就把他舅舅和那些烟叶等出来了。

石三友被押解着往前走，好事的人们跟在后边打听，越走人越多，贾鸿年也就离开了买汽车票的行列，参加到这为石三友送行的队伍中来。人丛里居然有了解情况的。贾鸿年听到走在他身边的一个人同另一个人说："这个人是哪里来的？"那个人回答说："不知道！不过一定是个乡下人！""你怎么知道是乡下人？""要是城里人，他怎么敢倒腾供销社卖的烟叶子？"又有个年轻人参加进来反驳说："哪里是供销社的烟叶？我可见他买来，是在山货店门口一个摊子上买的！""你知道卖烟叶的是谁吗？""一个白胡子老头和一个中年人！""对！那个老头是供销社老黄！""就没有见供销社有这么个人！""他不到前边柜上来，也许你认不得。这人是西关的，跑过行商，解放以后就参加了供销社。供销社吸收他，为的是在收购货物的时候估一估成色，平常就在仓库里归置归置货物。""那个中年人哩？""那个人我也认不得！"偏有一个认得的说："那不是个生意人！他平常天天到商业局上班，不知道是个什么干部。"……大家七嘴八舌纷纷议论着，

第35頁

起先跟来的人们有半路去开的，後也可又有新跟上去的，一直送到法院门口都是那么热闹。贾鸿年自然是跟到底的，不过也只跟到法院门口就随着大家走散了。

贾鸿年这時候的心情究竟是個什么样子，咱们说书的人也不一定估计得準确。不过打個比方，说他像从高楼上掉下来还没有掉到底，似乎不会太错——反正咱们谁也没有经验，只好替他这么想想算了。他觉着庆幸自己除了借钱再没有参加过什么活动，官司打不到自己头上，可是发愁的也就是这钱的问题——李老师一百、生产队一百八十。他又算了算细账：李老师的一百，买了六十一斤烟叶和两条麻袋就用完了；生产队的一百八十，两次买进八十五斤烟叶，用去一百三十六块，下剩四十四块还带在舅舅身上。他有心去找石三友先把那未用去的四十四块拿回来，可又怕因为这個受到牵连；要是不找的话，就连这個尾数也拐不到手。去好还是不去好，一時决定不下来，在街上溜着溜着就溜到了家家铺面上了板门的時候。最後他还是决定去找，因为除了四十四块钱，还想探听一下石三友口氣，看他对用去的钱打算负多少责任。

他走到看守所门外，走进看守人员的房间，冒充着在校学生的身份向那個值班的人说："我是这里中学的学生，听说我舅舅石三友不知道犯

25×20=500

起先跟来的人们有半路走开的，后边可又有新跟上去的，一直送到法院门口都是那么热闹。贾鸿年自然是跟到底的，不过也只跟到法院门口就随着大家走散了。

贾鸿年这时候的心情究竟是个什么样子，咱们说书的人也不一定估计得准确，不过打个比方，说他像从高楼上掉下来还没有掉到底，似乎不会太错——反正咱们谁也没有经验，只好替他这么想想算了。他觉着幸亏自己除了借钱再没有参加过什么活动，官司打不到自己头上，可是发愁的也就是这钱的问题——李老师一百、生产队一百八十。他又算了算细账：李老师的一百，买了六十一斤烟叶和两条麻袋就用完了；生产队的一百八十，两次买进八十五斤烟叶，用去一百三十六块，下剩（剩下）四十四块还带在舅舅身上。他有心去找石三友先把那未用去的四十四块拿回来，可又怕因为这个受到牵连；要是不找的话，就连这个尾数也捞不到手。去好还是不去好，一时决定不下来，在街上溜着溜着就溜到了家家铺面上了板门的时候。最后他还是决定去找，因为除了四十四块钱，还想探听一下石三友口气，看他对用去的钱打算负多少责任。

他走到看守所门外，走进看守人员的房间，冒充着在校学生的身份，向几个值班的人说："我是这里中学的学生，听说我舅舅石三友不知道犯了什么事，被捉到這里来了。是不是我可以见见他？”一個值班的人指着墙上張貼的規則叫他看。這上边有一條寫着：“凡沒有被判决的人犯，一般不准親友接见，必要時須經上级批准並派员監督會见。”賈鴻年看罷了說：“勞駕替我請示一下好嗎？”“什么理由？”“我舅舅上年紀了，身体也不好。看他需要些什么東西，我回家給他去取！”“你等一下！”那個人去了一會，領着一個警察進来，並且把石三友也叫到這間房子里来和賈鴻年會见。

兩個人一見面打過招呼，賈鴻年怕石三友先開口說出什么不合適的話来，就先搶着說：“舅舅！我在學校听同學說你不知道犯了什么事，被人捉進来了。我想你這么大年紀了，来的時候不知道帶什么行李沒有。如果沒有帶行李，要用什么告訴我，我明天請個假給你回去取一趟！”他把他新編造的這種假身份、假關係，先用這么幾句話暗暗傳達給石三友，然後繼續說出他的真正来意，只是对着好幾個看守人和監督的警察，一時找不到個巧妙的說法。他舅舅沒有等他找到巧妙的办法說明来意，便先把他推走。他說：“好孩子！你上你的學吧！舅舅见不得你了！”“你犯了什么事？”“什么事？投機倒把，倒賣烟葉！孩子！舅舅這叫自作自受，怨不得了什么事，被捉到这里来了。是不是我可以见见他？”一个值班的人指着墙上张贴的规则叫他看。这上边有一条写着：“凡没有被判决的人犯，一般不准亲友接见，必要时须经上级批准并派员监督会见。贾鸿年看罢了说：“劳驾替我请示一下好吗？”“什么理由？”“我舅舅上年纪了，身体也不好。看他需要些什么东西，我回家给他去取！”“你等一下！”那个人去了一会，领着一个警察进来，并且把石三友也叫到这间房子里来和贾鸿年会见。

两个人一见面打过招呼，贾鸿年怕石三友先开口说出什么不合适的话来，就先抢着说：“舅舅！我在学校听同学说你不知道犯了什么事，被人捉进来了。我想你这么大年纪了，来的时候不知道带什么行李没有。如果没有带行李，要用什么告诉我，我明天请个假给你回去取一趟！”他把他新编造的这种假身份、假关系，先用这么几句话暗暗传达给石三友，然后便想说出他的真实来意，只是对着好几个看守人和监督的警察，一时找不到个巧妙的说法。他舅舅没有等他找到巧妙的办法说明来意，便想把他推走。他说：“好孩子！你上你的学吧！舅舅见不得你了！”“你犯了什么事？”“什么事？投机倒把，倒腾烟叶！孩子！舅舅这叫自作自受，怨不得

第 37 页

'旁人'！"他把"旁人"两个字说得特别响亮，先给贾鸿年一个放心，然后接着说："舅舅是在这县城里犯的案，什么行李也没有带！你能请假回去替舅舅跑一趟也好！谁叫你遇上这么个不遵守法令的坏舅舅哩！""不往家里捎什么东西吗？"石三友想："你还想要那四十多块钱呀？我且装个糊涂。"他说："捎什么？没有捎的！"贾鸿年想："你没有捎的，我就连那四十四块也捞不着了！"不过他还不死心，总想问一问在这一宗折尽本钱的生意中，他这位"十三公"舅舅准备负多少责任。他又说："唉！舅舅呀！我早就劝你再不要倒腾小买卖，你怎么又干起来了？干起来了，你欠咱们生产队那些款还还清了吗？"石三友答覆得很干脆。他说："还清了！舅舅一方面虽说也干些对不住人的事，可是在正经事上并不含糊！凡是正经债务，该还的，不用等人家问，舅舅短不下人家的；至于那些讨不得要不得的冤账，谁还敢找到看守所里来讨债吗？我[illegible]就算了。"贾鸿年听了这话，才算死了心，知道这二百八十块钱债务实实在在落到自己肩膀上了。他没有再说什么，对着石三友又静静地看了一阵，流下了两道伤心痛泪。石三友趁势又装了个糊涂说："好孩子！不要伤心！舅舅受过这一次教育，以后就再不会犯老毛病了！回去告诉你妈妈和你妗母说，叫他们放心好了！""舅舅呀！唉唉唉……"贾鸿年叫了声舅

25×20=500

‘旁人’！”他把“旁人”两个字说得特别响亮，先给贾鸿年一个放心，然后接着说：“舅舅是在这县城里犯的案，什么行李也没有带！你能请假回去替舅舅取一趟也好！谁叫你逢上这么个不遵守法令的坏舅舅哩！”“不往家里捎什么东西吗？”石三友想：“你还想要那四十多块钱呀？我且装个糊涂。”他说：“捎什么？没有捎的！”贾鸿年想：“你没有捎的，我就连那四十四块也捞不着了！”不过他还不死心，总想问一问在这一宗折尽本钱的生意中，他这位“十三么”舅舅准备负多少责任。他又说：“唉！舅舅呀！我早就劝你再不要倒腾小买卖，你怎么又干起来了？事出来了，你欠咱们生产队那些款还还得了吗？”石三友答复得很干脆。他说：“还清了！舅舅一方面难说也干些对不住人的事，可是在正经事上并不含糊！凡是‘正经债务’，‘该还的’，不用等人家问，舅舅短不下人家的；至于那些讨不得要不得的鬼账，谁还敢找到看守所里来讨要吗？我犯了罪也就算了。”贾鸿年听了这话，才算死了心，知道这二百八十块钱债务实实在在落到自己肩膀上了。他没有再说什么，对着石三友又静悄悄看了一阵，流下了两道伤心痛泪。石三友趁势又装了个糊涂说：“好孩子！不要伤心！舅舅受过这一次教育，以后就再不会犯老毛病了！回去告诉你妈妈和妗母说，叫他们放心好了！”“舅舅呀！咦咦咦……”贾鸿年叫了声舅

第38页

舅哭着去了。监督他的警察和看守人们还以为他们是因为甥舅感情关系难解难分，哪里知道是因为二百八十块钱没有着落呢？

食宿问题

贾鸿年哭离看守所之后，两腿软绵绵地不服调动，东倒西歪地信步摇晃，又快走到汽车站门口，看见一个小饭棚还没有收摊。这时候，他才想到自己一整天没有吃饭。他有气无力地坐到一条板凳上问有什么吃的。卖饭的掌柜说："什么都完了，只剩几碗豆腐菜！""多少钱一碗？""一毛！"贾鸿年摸了摸口袋，忽然想起钱都变成了烟叶，烟叶又进了法院，剩下的四十四块还在舅舅口袋里，哪里还有什么吃饭钱？仔细搜寻了一下，搜寻出早已忘记了的一毛五分钱来，吃两碗不够，就只吃一碗吧！他把一碗菜买到手才吃了两三口，就听得"当当当……"从远处传来一阵钟声。这钟声是他听惯了的——是第一中学下自习课，每打三下歇一下。他一听到钟声又着了急，因为他还没有找到睡觉的地方，再晚一点学校关了门就进不去了。他狼吞虎咽地把一碗豆腐菜吃了有七八分，就放下碗扑扑楞楞地往学校跑，总算在关门以前赶到了学校。

高中二年级也有几个爱好文学的同学和他很熟识，

25×20=500

舅哭着走了。监督他的警察和看守人们还以为他们是因为甥舅感情关系难解难分，哪里知道是因为二百八十块钱没有着落呢？

食宿问题

贾鸿年哭离看守所之后，两腿软绵绵地不服调动，东倒西歪地信步摇晃，又快走到汽车站门口，看见一个小饭棚还没有收摊。这时候，他才想到自己一整天没有吃饭。他有气无力地坐到一条板凳上问有什么吃的。卖饭的掌柜说："什么都完了，只剩几碗豆腐菜！""多少钱一碗？""一毛！"贾鸿年摸了摸口袋，忽然想起钱都变成了烟叶，烟叶又进了法院，剩下的四十四块还在舅舅口袋里，哪里还有什么吃饭钱？仔细搜寻了一下，搜寻出早已忘记了的一毛五分钱来，吃两碗不够，就只吃一碗吧！他把一碗菜买到手才吃了两三口，就听得"当当当……"从远处传来一阵钟声。这钟声是他听惯了的——是第一中学下自习课，每打三下歇一下。他一听到钟声又着了急，因为他还没有找到睡觉的地方，再晚一点学校关了门就进不去了。他狼吞虎咽地把一碗豆腐菜吃了有七八分，就放下碗扑扑楞楞地往学校跑，总算在关门以前赶到了学校。

高中二年级也有几个爱好文学的同学和他很熟识，

第 39 页

他想随便找着一位，在他铺上挤一挤，呆到天明就算了。他才走进那一排宿舍的院子里，就碰上了一位。他还没有打招呼，那位同学便一个箭步跳过来，用双手紧紧抓住他的右手顿了几下说：“鸿、年、你、好！”又回头向着宿舍喊：“文学小组的同学们！你们来看谁来了！”他本来叫的是另两位爱好文学的同学，可是这么一叫，竟把几个不爱好文学的也给叫出来了。贾鸿年本来是上一年级很有名望的高才生，这个中学的高中生，同年级的只有两个班，所以现在的高中二年级生差不多都认得他。这几位同学一出到院里来就把他围上了。大家表示了热情欢迎之后，起先碰上他的那位同学把他领到自己的宿舍，其他比较热情的同学也跟了进来，本宿舍刚刚睡下的同学也都起来了，把个小屋子挤得横不过人来。大家对他问长问短，有的要他谈写作情况，有的要他谈回乡参加生产的情况。有个同学说：“咱们班里正学习‘如何做个有文化、有知识的体力劳动者’，咱们可以和班主任商量一下，让鸿年同学在明天早上的自习时间里给咱们做个报告好吗？”大家鼓起掌来。正在热闹的时候，就听着窗外有人说：“同学们！关灯吧！不要闹了！明天还要学习哩！”大家说：“低声点！班主任催咱们睡哩！”提议让贾鸿年作报告的那位同学说：“我去找

25×20=500

他想随便找着一位，在他铺上挤一挤，呆到天明就算了。他才走进那一排宿舍的院子里，就碰上了一位。他还没有打招呼，那位同学便一个剪（箭）步跳过来，用双手紧紧抓住他的右手顿了几下说：“鸿、年、你、好！”又回头向着宿舍喊：“文学小组的同学们！你们来看谁来了！”他本来叫的是另两位爱好文学的同学，可是这么一叫，竟把几个不爱好文学的也给叫出来了。贾鸿年本来是上一年级很有名望的高才生，这个中学的高中生，同年级的只有两个班，所以现在的高中二年级生差不多都认得他。这几位同学一出到院里来就把他围上了。大家表示了热情欢迎之后，起先碰上他的那位同学把他领到自己的宿舍，其他比较热情的同学也跟了进来，本宿舍刚刚睡下的同学也都起来了，把个小屋子挤得横不过人来。大家对他问长问短，有的要他谈写作情况，有的要他谈回乡参加生产的情况。有个同学说：“咱们班里正学习‘如何作（做）个有文化、有知识的体力劳动者’，咱们可以和班主任商量一下，让鸿年同学在明天早上的自习时间里给咱们做个报告好吗？”大家鼓起掌来。正在热闹的时候，就听着窗外有人说：“同学们！关灯吧！不要闹了！明天还要学习哩！”大家说：“低声点！班主任催咱们睡哩！”提议让贾鸿年作报告的那位同学说：“我去找班主任商量一下！”賈鴻年急忙拉住他的手說：“不不不！我们隊里的大車还在店里等着我，明天一早四点半鐘就要到加工廠裝豆餅去！我不過想借這機会来看大家一眼，馬上還得回店里去！”賈鴻年在平時本来是願意當着同学们講講什么露一露臉的，可惜這陣子被二百八十塊錢壓得不敢戀战，所以想出這條馬上脫身之計。同學们听他說有正事，也都信以為真。起先碰上他那位同学，拿起暖水瓶来給他倒着水說：“既然有要緊事，我们也不便挽留，不過那也得喝一杯水再走！”“遲了怕関校门！”“恐怕現在已经関了，等喝杯水我送你出去！”賈鴻年只吃了一碗半冷不熱的豆腐菜，又頂着風作了一次独身賽跑，實在也需要喝口熱水了，因此他就穩了穩身子端起水来喝。

他喝着水，看着墻上的功課表，見星期一第一節課是語文，“語文”那一格下边小小地寫着個“李”字。他指着功課表問那位同学說：“哪一位李老師教你们語文？”那位同学說：“就是教你们語文的李光華老師！明天上午第一節課，就該發我们的作文卷哩！”賈鴻年為什么還有閑工夫打听這個呢？這可不是閑打听：他一看到那個小小的李字，馬上便想起李光華老師存摺上边那二百塊活期存款，因此便想打听一下李光華老師次日的行踪；不過當他打听过之後，又覺班主任商量一下！”贾鸿年急忙拉住他的手说：“不不不！我们队里的大车还在店里等着我，明天一早四点半钟就要到加工厂装豆饼去！我不过想借这机会来看大家一眼，马上还得回店里去！”贾鸿年在平时本来是愿意当着同学们讲讲什么露一露脸的，可惜这阵子被二百八十块钱压得不敢恋名，所以想出这条马上脱身之计。同学们听他说有正事，也都信以为真。起先碰上他那位同学，拿起暖水瓶来给他倒着水说：“既然有要紧事，我们也不便挽留，不过那也等喝一杯水再走！”“迟了怕关校门！”“恐怕现在已经关了，等喝杯水我送你出去！”贾鸿年只吃了一碗半冷不热的豆腐菜，又张着风作（做）了一次独身赛跑，实在也需要喝口热水了，因此他就稳了稳身子端起水来喝。

他喝着水，看着墙上的功课表，见星期一第一节课是语文，“语文”那一格下边小小地写着个“李”字。他指着功课表问那位同学说：“哪一位李老师教你们语文？”那位同学说：“就是教你们语文的李光华老师！明天上午第一节课，就该发我们的作文卷哩！”贾鸿年为什么还有闲工夫打听这个呢？这可不是闲打听：他一看到那个小小的李字，马上便想起李光华老师存折上边那二百块活期存款，因此便想打听一下李光华老师次日的行踪；不过当他打听过之后，又觉着机会不太巧，因为他知道李老师每逢该发作文卷那一天早晨，一定要重新把所有的卷子再溜一遍，所以在那一天早晨是不许别人去打搅的。

班主任又在窗外催关灯，那位同学先把灯关了，然后才送贾鸿年出离校门。

贾鸿年见传达室接受了那位同学的要求，开了锁把自己放出来然后又把门锁上，好像又解除了一宗顾虑，暗自想着说："罢了罢了！这就好了！"可是当他走出十来步之后，又觉着不那么好了："我来干什么来了？现在该往哪里去哩？"他一边走着一边想着，想到了好多地方，也走到了好多地方，我们不必一一说它，反正都不能住。为了避免留在街道上受警察的盘查，他出了城南关，又走过了最后一个岗哨，脱离了最后一个电灯照得亮的光圈，便到了黑漆里一团的"太平"野地。他又走了几步，听得有什么东西"嗦嗦"地响，把耳朵靠住地，映着天一看，有个一人多高的长方块儿。地方是熟的，只要看个大概，想一想就会知道。他想到这是个夏天种过西瓜的园地，那长方块儿是卖西瓜的搭的棚儿。他觉着这个废物现在倒可以利用一下，于是便摸进这个瓜棚里去。这个住处怎么样，咱们不必详细说它，你只要知道着机会不太巧，因为他知道李老师每逢该发作文卷那一天早晨，一定要重新把所有的卷子再溜一遍，所以在那一天早晨是不许别人去打搅的。

班主任又在窗外催关灯，那位同学先把灯关了，然后才送贾鸿年出离校门。

贾鸿年见传达室接受了那位同学的要求，开了锁把自己放出来然后又把门锁上，好像又解除了一宗顾虑，暗自想着说："罢罢罢！这就好了！"可以当他走出十来步之后，又觉着不那么好了："我来干什么来了？现在该往哪里去哩？"他一边走着一边想着，想到了好多地方，也走到了好多地方，我们不必一一说它，反正都不能住。为了避免留在街道上受警察的盘查，他出了城南关，又走过了最后一个岗哨，脱离了最后一个电灯照得亮的光圈，便到在漆黑一团的"太平"野地。他又走了几步，听得有什么东西"嗦嗦"地响，把耳朵靠住地，映着天一看，有个一人多高的长方块儿。地方是熟的，只要看个大概，想想就会知道。他想到这是个夏天种过西瓜的园地，那长方块儿是卖西瓜的搭的棚儿。他觉着这个废物现在倒可以利用一下，于是便摸进这个瓜棚里去。这个住处怎么样，咱们不必详细说它，你只要知道

第42頁

在夏天是個难得的凉快地方就夠了。賈鴻年講不起在這初冬時候還需要不需要這么凉快，只好住下來，躺在那被秋雨漚得長了小蘑菇的麦稭鋪上，想他的心事。他的心事，内容是夠豐富的——既要總结本天的事，又要計劃天明以後的事，最後自然還歸復到李老師的存款摺子上。前边想到的不必一一说它，及至想到李老師的摺子，他便編造了路過初级市場被小偷偷了錢的故事——那個故事，咱们開頭說他見李老師的時候已經说過了，這里也不再重複。他把那段瞎话編造完了之後，計劃在次日九點鐘之前，趕到李老師的宿舍门外等着，等到李老師下课回來，先攔路痛哭一番然後再提借錢之事。

賈鴻年没有想到的是當他編完了故事之後，天已經是快明的時候了。人到太疲勞的時候，就是地方過於凉快一點也是睡得着的。賈鴻年想完了心事一倒下去就睡了個太平覺，要不是八點多鐘時候有個趕大車的摔了幾声响鞭把他鬧醒，他就是睡到十點也醒不來。他睡得正香甜，一听到鞭响，猛然睁眼一看，見幾條長條形的陽光從用高粱稈做的墙缝里透過來晒在地上，便後悔自己起得遲了。他爬起來就往城里跑，可是兩條腿又是那樣軟綿綿地不听命令，因為頭天夜里那碗豆腐菜也消化了個差不多了。他

25×20=500

在夏天是个难得的凉快地方就够了。贾鸿年讲不起在这初冬时候还需要不需要这么凉快，只好住下来，躺在那被秋雨沤得长了小蘑菇的麦秸铺上，想他的心事。他的心事，内容是够丰富的——既要总结本天的事，又要计划天明以后的事，最后自然还归落到李老师的存款折子上。前面想到的不必一一说它，及至想到李老师的折子，他便编造了路过初级市场被小偷偷了钱的故事——那个故事，咱们开头说他见李老师的时候已经说过了，这里也不再重复。他把那段瞎话编造完了之后，计划在次日九点钟之前，赶到李老师的宿舍门外等着，等到李老师下课回来，先拦路痛哭一番然后再提借钱之事。

贾鸿年没有想到的是当他编完了故事之后，天已经是快明的时候了。人到太疲倦的时候，就是地方过于凉快一点也是睡得着的。贾鸿年想完了心事一倒下去就睡了个太平觉，要不是八点多钟时候有个赶大车的摔了几声响鞭把他闹醒，他就是睡到十点也醒不来。他睡得正香甜，一听到鞭响，猛然睁眼一看，见几条长条形的阳光从用高粱杆做的墙缝里透过来晒在地上，便后悔自己起得迟了。他爬起来就往城里跑，可是两条腿又是那样软绵绵地不听命令，因为头天夜里那碗豆腐菜也消化了个差不多了。他

第43页

走到街上，眼看着各饭店窗窗摆的麵食，手摸着自己口袋里那五分錢，算计着吃什么也不够吃，最後遇到個賣蒸红薯的，五分錢一斤，他觉着這雖說也吃不飽吧，總还有個分量。學校的鐘声好像偏和他作对，又是在他買到红薯才吃了幾口的時候就"噹噹"地响起来。他一听是下课鐘，再也顾不上蹲着吃了，拿起来一边吃着一边走，還得他用兩隻手互相倒来倒去，及至走到縣委會宿舍门口，也早把這一斤红薯吃完了。

戲行本

說到這里，總算把賈鴻年為什么来找李老師的原因叙明了。從這一連串的叙述中，你可以看到賈鴻年的生活，大部分都像做戲。現在咱们再談談他跟李老師那一場戲，為什么要那樣做。這場戲可以叫做"賈鴻年求救遇王蘭"。

在生活中做戲和在舞台上做戲究竟不同。生活中的戲是不能在演出之前加工排練的。賈鴻年本来想在縣委會宿舍门口攔住李老師痛哭一場，把李老師帽子上那二百塊錢哭到手完事，不幸因為他住的那個偏僻地方離得縣委會宿舍遠了點，自己又起得遲了點，竟在李老師回来之後才赶来，因此就不得不改變演法了。

他剛吃上红薯，就听到學校打下课鐘，赶他走

25×20=500

走到街上，眼看着各饭店窗口摆的熟食，手摸着自己口袋里那五分钱，算计着吃什么也不够吃，最后遇到个卖蒸红薯的，五分钱一斤，他觉着这虽说也吃不饱吧，总还有个分量。学校的钟声好像偏和他作对，又是在他买到红薯才吃了几口的时候就“当当”地响起来。他一听是下课钟，再也顾不上蹲着吃了，拿起来一边吃着一边走，烫得他用两只手互相倒来倒去，及至走到县委会宿舍门口，也早把这一斤红薯吃完了。

戏评

说到这里，总算把贾鸿年为什么来找李老师的原因叙明了。从这一连串的叙述中，你可以看到贾鸿年的生活，大部分都像做戏。现在咱们再谈谈他见李老师那一场戏，为什么要那样做。这场戏可以叫做（作）“贾鸿年求救遇王兰”。

在生活中做戏和在舞台上做戏究竟不同。生活中的戏是不能在演出之前加工排练的。贾鸿年本来想在县委会宿舍门口拦住李老师痛哭一场，把李老师折子上那二百块钱哭到手完事，不幸因为他住的那个凉快地方离得县委会宿舍远了点，自己又起得迟了点，竟在李老师回来之后才赶来，因此就不得不改变演法了。

他刚吃上红薯，就听到学校打下课钟，赶他走

第44頁

到初高宿舍门口，已经是九点二十分左右的时候，预料到李老师是已经回来了。有个还不到上学年龄的小姑娘在宿舍的大门道里玩。他向這小姑娘打听李老师回来了没有，小姑娘告他说回来了。他想："回来了就到家里找去，家里虽说多了个李太太，可不怕碰上了过路人。"他走到李老师的窗前，听到李老师和一个女人在屋里谈话，他想隔着窗听一听這個女人是不是李太太，可是忘记了天上的太阳，才一靠近，就把半颗头的黑影儿映在纸窗上了。一院住几家，人来人往，窗上的人影本来是常见的，在李老师看来引不起注意。而贾鸿年原是要偷听话的，未免有点做贼心虚，因此就非马上敲门不可了。

贾鸿年觉着既然断不定屋里的女人是主是客，不但搞笑笑计背定不下来，就是敲门的风度也还得讲究一点——這一来不致枉赔笑枉人，二来还能维持李老师对自己的好感。主意一定，他就把他原来想演笑笑谈谈闲扯的戏，改成了稳稳重重的演法了。

他最怕李老师屋里這個女人是当时高中二年级的同学，因为他头天夜里在那里露过一次面，已经告人家说今天起早就要回去，现在碰上就又得编个什么故事；不过他已经估

25×20=500

到县委会宿舍门口，已经是九点二十分左右的时候，预料到老师是已经回来了。有个还不到上学年龄的小姑娘在宿舍的大门道里玩。他向这个小姑娘打听李老师回来了没有，小姑娘告他说回来了。他想［：］“回来了就到家里哭去，家里虽说多了个李太太，可不怕碰上过路人。”他走到李老师的窗前，听到李老师和一个女人在屋里谈话。他想隔着窗听一听这个女人是不是李太太，可是忘记了天上的太阳，才一靠近，就把半颗头的黑影儿映在纸窗上了。一院住几家，人来人往，窗上的人影本来是常见的，在李老师看来引不起注意，而贾鸿年原是要偷听话的，未免有点做贼心虚，因此就非马上敲门不可了。

贾鸿年觉着既然断不定屋里的女人是主是客，不但痛哭之计肯定不下来，就是敲门的风度也还得讲究一点——这一来不至于贻笑于人，二来还能维持李老师对自己的好感。主意一定，他就把他原来想从哭哭涕涕（啼啼）开场的戏，改成了稳稳重重的演法了。

他最怕李老师屋里这个女人是当时高中二年级的同学，因为他头天夜里在那里露过一次面，已经告人家说今天起早就要回去，现在碰上就又得编个什么故事；不过他已经估

第~~38~~ 45 頁

計劃這個可能性不大，因為是禮拜一，同學們要上課。他進了李老師的屋子，看見了王蘭的脊背，一下子就放了心。他看見王蘭衣服的顏色和領子的樣式，知道是個農村婦女，以為可能是李老師家鄉的什么人，与自己無關。

反至他坐下去，猛一下發現那個女人就是他近來急於要見一次面的王蘭，總應該說是不幸中之一幸了。他和王蘭一碰面，先帶着疑問的口氣叫了声"王蘭"。這一声叫是真誠的，不是做戲。按一般人的生活習慣，話應該是這樣說下去："王蘭？原來是你呀？我碰上了一宗倒霉的事，正沒處告訴！走！咱們先找個地方談談去！"人在最倒霉的時候碰上了最親近的人，還不好好談談心嗎？這陣子的賈鴻年可不準備這么做——他知道這么一談準吹了。這么做是"生活"，不是"戲"。賈鴻年剛叫過一声"王蘭"，馬上便以為不能按照生活來，還得新編台詞，做戲。他接着說出了一句台詞是"我早斷定你是到這里來了"。他覺着這句台詞包括以下好多內容：第一是我很關心你，早打聽着你到城里來了；第二是我到處找過你沒有找到；第三是我知道你不到那些不三不四的地方去，一定是去找你最欽佩的人，而這人正是李老師；第四是既然斷定你到這里來了，為了會見親愛的你和敬愛的李老師，我也就馬上趕來了：這樣

25×20=500

计到这个可能性不大，因为是礼拜一，同学们要上课。他进了李老师的屋子，看见了王兰的脊背，一下子就放了心。他看见王兰衣服的颜色和领子的样式，知道是个农村妇女，以为可能是李老师家乡的什么人，与自己无关。

及至他坐下去，猛一下发现那个女人就是他近来急于要见一次面的王兰，总应该说是不幸中之一幸了。他和王兰一碰面，先带着疑问的口气叫了声“王兰”。这一声叫是真诚的，不是做戏。按一般人的生活习惯，话应该是这样说下去：“王兰？原来是你呀？我碰上了一宗倒霉的事正没处告诉！走！咱们先找个地方谈谈去！”人在最倒霉的时候碰上了最亲近的人，还不正好谈谈心吗？这阵子的贾鸿年可不准备这么做——他知道这么一谈准吹了。这么做是“生活”，不是“戏”。贾鸿年刚叫过一声“王兰”，马上便以为不能按照生活来，还得新编台词，做戏。他接着说出了一句台词是“我早断定你是到这里来了”。他觉着这句台词包括以下好多内容：第一是我很关心你，早打听着你到城里来了；第二是我到处找过你没有找到；第三是我知道你不到那些不三不四的地方去，一定是去找你最钦佩的人，而这人正是李老师；第四是既然断定你到这里来了，为了会见亲爱的你和敬爱的李老师，我也就马上赶来了：这样

第46页

一句简短的台词，捧了王兰、捧了李老师，也捎带着捧了自己，又表现了三方面关系的亲密，照顾得多么周全啊！可惜的是他没有和王兰对过词，不知道王兰接着要问他是听谁说的。要是没有李老师在场，他也很容易对付过去——他让王兰猜，每猜一个人就说明一个长处，等王兰猜得不猜了他就能断定王兰都去过些什么地方，然后从中间挑出一个叫王兰不好再去寻根究底的人来回答一下，就过去了。不过好演员是要照顾全场的，既有李老师在场，再要这么做就有点不调和了。贾鸿年觉着只有正面回答王兰的话，才能叫场面上的气氛统一，可是没有底的事儿，正面回答容易出错。怎么办呢？贾鸿年从现实生活中作了一番估计。他想：当前的时间是礼拜一上午九点半，王兰的家离县城是四十里山路，必然不是当天来的。要是头一天来的，头一天是礼拜日，王兰来到县里，还能不在街上碰到同学吗？他这么一想，便回答了个"同学"。他想这么地说个"同学"总不会有错。只是智者千虑还有一失，王兰这次来了偏没有碰上个同学，因此他起先创作那句八面周全的台词，在王兰面前，除了没有起到好作用，反而更暴露了他的虚伪。

贾鸿年在这场戏中，也还有个表现真诚的地方。当院里那位马大娘给她的什么三嫂打电话说路线的时候，贾鸿

25×20=500

一句简短的台词，捧了王兰、捧了李老师，也捎带着捧了自己，又表现了三方面关系的亲密，照顾得多么周全啊！可惜的是他没有和王兰对过词，不知道王兰接着要问他是“听谁说的”。要是没有李老师在场，他也很容易对付过去——他让王兰猜，每猜一个人就说明一个去处，等王兰猜得不猜了他就能断定王兰都去过些什么地方，然后从中间挑出一个叫王兰不好再去寻根究底的人来回答一下，就过去了。不过好演员是要照顾全场的，既有李老师在场，戏要这么做就有点不调和了。贾鸿年觉着只有正面回答王兰的话，才能叫场面上的气氛统一，可是没有底的事儿，正面回答容易出错。怎么办呢？贾鸿年从现实生活中作了一番估计。他想：当前的时间是礼拜一上午九点半，王兰的家离县城是四十里山路，必然不是当天来的。要是头一天来的，头一天是礼拜日，王兰来到县里，还能不在街上碰到同学吗？他这么一想，便回答了个“同学”。他想泛泛地说个“同学”总不会有错。只是智者千虑还有一失，王兰这次来了偏没有碰上个同学，因此他起先创作那句八面周全的台词，在王兰面前，除了没有起到好作用，反而更暴露了他的虚伪。

贾鸿年在这场戏中，也还有个表现真诚的地方。当院里那位马大娘给她的什么三婶打电话说路线的时候，贾鸿年可真有點不耐煩。他也真覺着外边窗台上安裝上個大家用的電話機，房子里便不能工作。他以為人同此心，李老師一定和他有同樣的感覺，所以就發出自以為同情李老師的議論。人和人的思想不同了，对事物的看法就大部分不同。在李老師看来，好幾家用一台電話，反正總得有個地方安裝。李老師不會做戲，怎么想就怎么說了。李老師那么一說，賈鴻年自悔失言，不過他立刻又回到戲里去，創造出個補救的办法来——就是轉向王蘭說的那句台詞："原来你那些話都是學着李老師說的呀？"他以為這樣做，又是恭維了李老師、又恭維了王蘭，同時還能表現出自己"從善如流"的精神。還說出"……李老師要是你的話，便要安裝到別人的窗台上去到別人去的"，這樣一說，便惹他着急的是王蘭這人偏不作美，偏把他自悔失言又設法掩蓋過去的話，重新講解了個透澈，弄得他維持不住他所表演的人物在一場戲中統一的性格。

賈鴻年覺着這么三個人同場，非常不容易把戲做好，不如分作兩場做好做一點，所以當王蘭想抽身走的時候，他既表示同意，又要求王蘭告訴他住在哪個店里，並且先回到店里去等他一會。他想只要王蘭一離開，馬上便向李老師說出編好的小偷偷了錢的故事；這樣把李老師的帽子騙到手，回頭馬上再到店里找王蘭談結婚的事。他以為只年可真有点不耐烦。他也真觉着外边窗台上安装上个大家用的电话机，屋子里便不能工作。他以为人同此心，李老师一定和他有同样的感觉，所以就发出自以为同情李老师的议论。人和人的思想不同了，对事物的看法就大部分不同。在李老师看来，好几家用一台电话，反正总得有个地方安装。李老师不会做戏，怎么想就怎么说了。李老师那么一说，贾鸿年自悔失言，不过他看立刻又回到戏里去，创造出个补救的办法来——就是转向王兰说的那句台词："原来你那些话都是学着李老师说的呀？"他以为这样做，又是既恭维了李老师、又恭维了王兰，同时还能表现出自己"从善如流"的精神。惹他着急的是王兰这人偏不作美，偏说出"……李老师要是你的话，便要安装在别人的窗台上吵别人去"，这样一说，便把他自悔失言又设法掩盖过去的话，重新讲解了个透澈（同"彻"，下文同），弄得他维持不住他所表演的人物在一场戏中统一的性格。

贾鸿年觉着这么三个人同场，非常不容易把戏做好，不如分作两场做好做一点，所以当王兰想抽身走的时候，他既表示同意，又要求王兰告诉他住在哪个店里，并且先回到店里去等他一会。他想只要王兰一离开，马上便向李老师说出编好的小偷偷了钱的故事；这样把李老师的折子骗到手，回头马上再到店里找王兰谈结婚的事。他以为只

第 46 頁

要這樣一分開場，兩場戲大概都會做得很圓滿。

他又從王蘭和李老師的對話中，得知王蘭不打算復學了。在以前，王蘭不復学正合乎賈鴻年的要求，因為他覺得女人各方面都比男人低一點才好掌握，不過自從听到王蘭學徒大車的光榮事跡，他又以為王蘭還是復了學容易想赫她的“錯誤”打算，所以就暗暗同意李老師劝王蘭復學。~~不要復學，不過這種台詞實在不易創作，所以未能開口。如今王蘭自己說出來了，如何能不叫他高興？~~

當李老師追問王蘭~~不復學的原因~~說“除了經濟問題再沒有別的問題了吧”那句話，賈鴻年覺着這話里有危險性：~~第一是王蘭因得到李老師的支持可能要復學，第二是~~他覺着李老師要以經濟力量支持王蘭，摺子上那二百塊錢就有一部分輪不到自己用了。他想到這里，又放棄了分場做戲的計劃，馬上截住了王蘭的答話，搶先說出那個早已編造好的小偷偷了錢的故事來。

總的看來，他這場戲做得不算太成功——改來改去，也沒有得到他預先希望的效果，特別是演到結場的時候，竟失聲大哭，讓人覺得好像是另換了一個角色。

至於李老師接到的電話是誰打來的，還得繼續交代。

“到此一遊”

石三友自從看見逮捕證上寫着他的名字之後，就一直想猜測告發他的人是誰。他回想他自從進了隆昌客棧到被

25×20=500

要这样一分开场，两场戏大概都会做得很圆满。

他又从王兰和李老师的对话中，得知王兰不打算复学了。在以前，王兰不复学正合乎贾鸿年的要求，因为他觉得女人各方面都比男人低一点才好掌握，不过自从听到王兰学赶大车的光荣事迹，他又以为还是复了学容易扭转她的“错误”打算，所以就暗暗同意李老师劝王兰复学。

当李老师追问王兰说“除了经济问题再没有别的问题了吧”那句话，贾鸿年觉得这话里有危险性：他觉着李老师要以经济力量支持王兰，折子上那二百块钱就有一部分轮不到自己用了。他想到这里，又放弃了分场做戏的计划，马上截住了王兰的答话，抢先说出那个早已编造好的小偷偷了钱的故事来。

总的看来，他这场戏做得不算太成功——改来改去，也没有得到他预先希望的效果，特别是演到结场的时候，竟失声大哭，让人觉得好像是另换了一个角色。

至于李老师接到的电话是谁打来的，还得继续交代。

“到此一游”

石三友自从看见逮捕证上写着他的名字之后，就一直想猜测告发他的人是谁。他回想他自从进了隆昌客栈到被

第 41 頁

捕這半天時间里，在什么地方露過真名，在什么地方碰見過熟人，數算来數算去，覺着很可能就是在山貨店門前賣烟葉那個老頭子——因為當年在西州會上販藥材，他收到這人一批貨款，給人家開過個收據，收據上边寫過自己的名字。他想：一定是這老傢伙明鬥鬥不過我了，才在暗地告我的狀吧（可惜我想不起他的名字来了）！他這番猜測，可以說是也对也不对——名字是這老人說出来的，不過不是為了那個原因。

看過西游記的同志們，都會記得孫大聖在如来佛的手掌心里翻觔斗，還在如来佛的中指根題過"齊天大聖到此一遊"八個字吧！石三友這次到縣里的初級市場来，和那位"齊天大聖"那一次的遭遇基本上相同。石三友要是愛題字的話，滿可以在初級市場上題上個"十三公到此一遊"了。究竟是怎么一回事哩？

前边提到過：當石三友進法院的時候，看熱鬧的人們中间，不是就有人說過賣烟葉那個老頭是供銷社的老黄嗎？那一點線索，本来也該當在這里再提出，因為怕有些急性的听衆听不到這里半路走開，誤以為這個縣里的初級市場真的是被石三友操縱了，所以先在那里提了個頭兒。現在該把這事情交代清楚了。

初級市場的烟葉起價也只是石三友听到消息兩天以前的事。

25×20＝500

捕这半天时间里，在什么地方露过真名，在什么地方碰见过熟人，数算来数算去，觉得很可能就是在山货店门前卖烟叶那个老头子——因为当年在禹州会上贩药材，他收到这人一批货款，给人家开过个收据，收据上边写过自己的名字。他想："一定是这个老家伙明斗斗不过我了，才在暗地里告我的状。可惜我想不起他的名字来了！"他这番猜测，可以说是也对也不对——名字是这老人说出来的，不过不是为了那个原因。

看过西游记的同志们，都会记得孙大圣在如来佛的手掌心里翻筋头，还在如来佛的中指根题过"齐天大圣到此一游"八个字吧。石三友这次到县里的初级市场来，和那位"齐天大圣"那一次的遭遇基本上相同。石三友要是爱题字的话，满可以在初级市场上题上个"十三么到此一游"了。究竟是怎么一回事哩？

前面提到过：当石三友进法院的时候，看热闹的闲人们中间，不是就有人说过卖烟叶那个老头是供销社的老黄吗？那一点线索，本来也该留在这里再提出，因为怕有些急性的听众听不到这里半路走开，误以为这个县里的初级市场真的是被石三友操纵了，所以先在那里提了个头儿。现在该把这事情交代清楚了。

初级市场的烟叶起价也只是石三友听到消息两天以前的事。

第 50 頁

農村或者小城鎮的初級市場，是生產者和消費者直接見面的小規模交易；只要有投機商人一插手，價錢就容易波動。在石三友听到消息的頭兩天（就是那個礼拜三），烟葉價錢突然由一塊六一斤上漲到四五塊一斤，市場管理委员会就開会研究对策；趕到礼拜五，烟葉上漲到八塊一斤的時候，就破獲了一宗向遠地盗運烟葉的案件。這事是由一個在外省某工礦区落户的本縣籍人和縣里的幾個投機小商販聯合搞的。破案之後，縣公安局通知本縣通向外地各公路上的稽查人员注意，從此盗運之事就已經被制止了。

市場上的經濟消息雖然也很靈通，有時候还比公安部門差一點，因此禮拜六上午，市場上的烟葉價还一度上升到十塊一斤；不過因為没人搶購了，成了"有行無市"，下午便落回到五六塊來。賈鴻年就在這個上午來和李老師借錢，路過市場打听了個"回光返照"的最高價，竟樂得他連蒜錢也忘了買，以至於在公社的供銷社露了一次馬腳。

礼拜六晚上，市場管理委员会又開会研究以後怎么办。商業局負責管理市場的同志說，盗運之事雖然被制止了，可是在國家收購時期，上市的烟葉要比平常少一些，而零星用户

25×20=500

农村或者小城镇的初级市场，是生产者和消费者直接见面的小规模交易；只要有投机商人一插手，价钱就容易波动。在石三友听到消息的头两天（就是那个礼拜三），烟叶价钱突然由一块六一斤上涨到四五块一斤，市场管理委员会就开会研究对策；赶到礼拜五，烟叶上涨到八块一斤的时候，就破获了一宗向远地盗运烟叶的案件。这事是由一个在外省某工矿区落户的本县籍人和县里的几个投机小商贩联合搞的。破案之后，县公安局通知本县通向外地各公路上的稽查人员注意，从此盗运之事就已经被制止了。

市场上的经济消息虽然也很灵通，有时候还比公安部门差一点，因此礼拜六上午，市场上的烟叶价还一度上升到十块一斤；不过因为没人抢购了，成了“有行无市”，下午便落回到五六块来。贾鸿年就在这个上午来和李老师借钱，路过市场打听了个“回光返照”的最高价，竟乐得他连麻袋也忘了买，以至于多在公社的供销社露了一次马脚。

礼拜六晚上，市场管理委员会又开会研究以后怎么办，商业局负责管理市场的同志说，盗运之事虽然被制止了，可是在国家收购时期，上市的烟叶要比平常少一些，而零星用户

第51頁

買得急一點，零星賣主又被高價欺騙得不肯輕易鬆手。這五六塊一斤的價格還會維持一個時期。這對國家的收購也會起到不利的影響。他建議：由供銷社拋出一點貨來，拿到初級市場去壓一壓這種由于商造成的不合理價格。討論的結果是：礼拜日上午再看看情況，要是烟價不能自然下降的話，下午把供銷總社準備做水煙用的煙葉子拋出幾捆去試試。

讓誰去幹呢？由商業局和供銷社一家選出一個人來做。商業局選了個人事股管檔案的同志——就是拿秤的那個中年人，供銷社選了個在倉庫里歸置東西的老黃。

一個縣里的小市場靈得很，攤子擺出去不過才賣了十來斤貨，就把價錢壓下來了。預料只要擺那么一兩天，就能把價格穩定在原來的一塊五、六毛錢上。可是就在這時候，偏出現了石三友這個買主。老黃一看到是石三友，便想：“嘿！這傢伙怎么又出世了？”不過老黃只管幫忙賣貨，碰上這么大個買主，他不能決定該不該賣，所以問商業局那個幹部。那個幹部見這情況有點火。他想：“竟有人敢公然這樣氣勢洶洶地做，不叫他受點教育如何能行？”這么一

25×20=500

买得急一点，零星卖主又被高价欺骗得不肯轻易松手，这五、六块一斤的价格还会维持一个时期。这对国家的收购也会起到不利的影响。他建议：由供销社抛出一点货来，拿到初级市场去压一压这种由奸商造成的不合理价格。讨论的结果是：礼拜日上午再看看情况，要是烟价不能自然下降的话，下午把供销总社准备做水烟用的烟叶子抛出几捆去试试。

让谁去干呢？由商业局和供销社一家选出一个人来做，商业局选了个人事股管档案的同志——就是拿秤的那个中年人，供销社选了个在仓库里归置东西的老黄。

一个县里的小市场灵得很，摊子摆出去不过才卖了十来斤货，就把价钱压下来了，预料只要摆那么一两天，就能把价格稳定在原来的一块五、六毛钱上，可是就在这时候，偏出现了石三友这个买主。老黄一看到石三友，便想："咦！这家伙怎么又出世了？"不过老黄只管帮忙卖货，碰上这么大个买主，他不能决定该不该卖，所以问商业局那个干部。那个干部见这情况有点火。他想："竟有人敢公然这样气势汹汹地做，不叫他受点教育如何能行？"这么一

第52頁

想，他就决定先把烟叶賣給他，然後跟踪一下，看他是個什么寶貝。當石三友跟上推烟叶的小车離開攤子之後，老黄笑了笑說：

"那傢伙可是有點道行的！他叫石三友，外號'十三公'，當年跑過好多省份，本錢雖說不大，翻騰勁可不小，要不是到這個不行時他的時候，這一點東西他可看不起来。我當年在禹州是領過他的教的。"商業局那個幹部說："讓我跟上去看他住在什么地方。"老黄說："用不着！那個推小平車的是常給我們運貨的，一會一問就知道了。"

這個情况反映到市場管委會，管委會向政府做了報告，本来已经决定要捕石三友了，而石三友還以為老黄是和他鬥寶，竟又賣了個第二次。

法院把石三友的烟叶過了過秤，除了賣給供銷社那兩宗八十五斤外，還多出兩個麻袋里的六十一斤，問他是哪里来的，他起先說是上年在市場上收買的，後来因為在時間、價錢各方面都扯不对，不得已才說了實話。法院讓公安局調查在村里收買的情况，公安局馬上打電話給住在那個公社的公安幹事，這個公安幹事立刻騎了車子到賈鴻年他們村子里，請大隊按各系統分别調查查對，一查之下便把從賈鴻年替石三友到公社請大夫起那一連串鬼事如石三友裝病、賈鴻年買

25×20=500

想，他就决定先把烟叶卖给他，然后跟踪一下，看他是个什么宝贝。当石三友跟上推烟叶的小平车离开摊子之后，老黄笑了笑说：“那家伙可是有点道行的！他叫石三友，外号‘十三么’，当年跑过好多省份，本钱虽说不大，翻腾劲可不小，要不是到这个不时行他的时候，这一点东西他可看不起来。我当年在禹州是领过他的教的。”商业局那个干部说：“让我跟上去看他住在什么地方？”老黄说：“用不着！那个推小平车的是常给我们运货的熟人，一会问一问就知道了。”

这个情况反映到市场管委会，管委会向政府做了报告，本来已经决定要捕石三友了，而石三友还以为老黄是和他斗宝，竟又买了个第二次。

法院把石三友的烟叶过了过秤，除了买进供销社那两宗八十五斤外，还多出两个麻袋里的六十一斤，问他是哪里来的，他起先说是上午在市场上收买的，后来因为在时间、价钱各方面都扯不对，不得已才说了实话。法院让公安局调查在村里收买的情况，公安局马上打电话给住在那个公社的公安干事，（ 。）这个公安干事立刻骑了车子到贾鸿年他们村子里，请大队按各系统分别开会查对，一查之下便把从贾鸿年替石三友到公社请大夫起那一连串鬼事——如石三友装病、贾鸿年买

第52頁

蒜袋、賈連升夫婦分別收買、石三友老婆替賈鴻年請假、兩袋烟葉買完乾白菜上車等等都查对了個詳盡。這位幹事次日（也就是礼拜一）早晨便騎了車子回到公安局報告。公安局長听報告的時候，讓一個青年幹部作記錄。

這個公安幹事把過程報告完了之後，又補充說：“還有個情况，因為肯定不下來，沒有寫進報告里去：據生產隊幹部說他們兩家因為買了隊里拍賣的东西，都沒有現款，可是據一個學生說，賈鴻年在買蒜袋時候露出一疊一塊錢的票子來，看樣子可能有百把塊，並且說買蒜袋是替一位老師代收乾白菜。另據賈鴻年的一位同學說，賈鴻年在學校時候，很被一位教語文的李老師看重，而且也屢屢借過這位李老師的錢，懷疑他這百把塊錢是向那位李老師借的。又有人說他礼拜六到公社給石三友請大夫，沒有和大夫同來，直到下午五點來鐘才騎着車子回來，估計可能就是到城里找這位李老師借錢。大隊長根據這種情況，估計這位李老師也可能是入着股和他們合夥幹。”

公安局長听到這里，一揮手攔住那位青年同志說：“停一下再記！”

李老師

25×20=500

麻袋、贾连升夫妇分别收买、石三友老婆替贾鸿年请假、两袋烟叶冒充干白菜上车等等都查对了个详尽。这个干事次日（也就是礼拜一）早晨便骑了车子回县公安局报告。公安局长听报告的时候，让一个青年干部作记录。

这个公安干事把过程报告完了之后，又补充说："还有个情况，因为肯定不下来，没有写进报告里去：据生产队干部说他们两家因为买了队里拍卖的东西，都没有现款，可是据一个学生说，贾鸿年在买麻袋时候露出一叠一块钱的票子来，看样子可能有百把块，并且说买麻袋是替一位老师代收干白菜。另据贾鸿年的一位同学说，贾鸿年在学校时候，很被一位教语文的李老师看重，而且也零零星星借过这位李老师的钱，怀疑他这百把块钱是向那位李老师借的。又有人说他礼拜六到公社给石三友请大夫，没有和大夫同来，直到下午五点来钟才骑着车子回来，估计可能就是到城里找这位李老师借钱。大队长根据这种情况，估计这位李老师也可能是入着股和他们合伙干。"

公安局长听到这里，一挥手拦住那位青年同志说："停一下再记！"

李老师

第 54 頁

公安局長打斷了那位青年的記錄，然後对這位公安幹事說："借錢的事是可能的，入股的事絕不會有。為了維護李老師的名譽，你還一定得再去向那位大隊長解釋一下。這位李老師是模範黨員，現在是縣黨委會的委員。"那位青年插話說："是說李光華老師嗎？"公安局長點點頭。青年說："最近省報還發表過他一篇文章，題目是'要不得的優越感'。"局長說："对！他常常寫這一类文章，在解放以前就寫。這是一位老革命同志。他要是有發財思想的話，早就發了大財了！在抗日戰爭開始之前，他就在他本縣當中學教員，那時候就在上海一個進步刊物上發表過文章。日軍佔領了他們的縣城，中學停辦了，他動員起一部分進步的學生來，組織了個小游擊隊，到山區去找八路軍。找到了八路軍，李老師和這些學生一齊參軍了。那時候的李老師已經有四十上下年紀，部隊把他分配到一個宣傳隊。我也是那時候剛參軍的新戰士，和他的兩個學生編在一個班里。他的學生們稱呼他李老師，我們有些人也跟着叫李老師。李老師能寫能畫。他說他曾有一次因為保釋一個被反動政府認為有共產黨嫌疑的學生，被學校當局懷疑他也有嫌疑，把他辭退了，他便到省城去賣字畫，過了幾年查明那個學生不是共產黨員，才又把他請回學校去。

25×20=500

公安局长打断了那位青年的记录，然后对这位公安干事说：“借钱的事是可能的，入股的事绝不会有。为了维护李老师的名誉，你还一定得再去向那位大队长解释一下。这位李老师是模范党员，现在是县党委会的委员。”那位青年插话说：“是说李光华老师吗？”公安局长点点头。青年说：“最近省报还发表过他一篇文章，题目是‘要不得的优越感’。”局长说：“对！他常常写这一类文章，在解放以前就写。这是一位老革命同志。他要是有发财思想的话，早就发了大财了！在抗日战争开始之前，他就在他本县当中学教员，那时候就在上海一个进步刊物上发表过文章。日军占领了他们的县城，中学停办了，他动员起一部分进步的学生来，组织了个小游击队，到山区去找八路军。找到了八路军，李老师和这些学生一齐参军了。那时候的李老师已经有四十上下年纪，部队把他分配到一个宣传队。我也是那时候刚参军的新战士，和他的两个学生编在一个班里。他的学生仍称呼他李老师，我们有些人也跟着叫李老师。李老师能写能画。他说他曾有一次因为保释一个被反动政府认为有共产党嫌疑的学生，被学校当局怀疑他也有嫌疑，把他辞退了，他便到省城去卖字画，过了几年，查明那个学生不是共产党员，才又把他请回学校去。

第 55 頁

"李老师学年不久，边区文联[illegible]副主席来找他。這位副主席也是他的学生，拿着文联的机關介紹信和部隊交涉，要請李老师到文联去编[illegible]雜誌。李老师便這樣離開了部隊。李老师和他的学生们，比家庭的父子關係还親密，臨分手的時候，学生们都哭得捨不得讓他離開。

"後来我被调到边区政府的保衛隊去，又碰上李老师在一個抗戰中学當教員。我問他怎么不编雜誌了，他說幹慣了什么就想幹什么。說他身边没有一些学生就觉得缺了些什么一样。

"進城之後，他當選為省文联理事。文藝界想請他留在文联参加领導工作，他仍堅持要教学，後来被分配到省里第一中学高中部教語文。

"他常写文章，不斷得到些稿費收入，不過他總存不下比較多的錢，常常用這些錢来支持一些上不起学的優秀学生維持学習；有時候稿費收入用完了，还要節餘一點薪金出来幫這些学生。

"他教過的優秀学生中間，很有一些在工作中得到優越成績的。他的老学生，做政治工作的多——机關党委书记、科長、專員、廠長、局長等等都有；新学生——就是解放後升入高等院校又畢了業的，搞科技的多，

25×20=500

“李老师参军不久，边区文联副主席来找他。这位副主席也是他的学生，拿着文联的机关介绍信和部队交涉，请李老师到文联去编杂志。李老师便从此离开了部队。李老师和他的学生们，比家庭的父子关系还亲密，临分手的时候，学生们都哭得舍不得让他离开。

“后来我被调到边区政府的保卫队去，又碰上李老师在一个‘抗战中学’当教员。我问他怎么不编杂志了，他说干惯了什么光想干什么。说他身边没有一些学生就觉得短了些什么一样。

“进城之后，他当选为省文联理事。文艺界想请他留在文联参加领导工作，他仍坚持要教学，后来被分配到省里第一中学高中部教语文。

“他常写文章，不断得到些稿费收入，不过他总存不下比较多的钱，常常用这些钱来支持一些上不起学的优秀学生维持学习；有时候稿费收入用完了，还要节余一点薪金来帮这些学生。

“他教过的优秀学生中间，很有一些在工作中得到优越成绩的。他的老学生，做政治工作的多——机关党委书记、县长、专员、厂长、局长等等都有；新学生——就是解放后升入高等院校又毕了业的，搞科技的多，

56 ~~49~~

~~[illegible]~~也有了许多~~[illegible]~~已经受到表扬的发明创造。

~~“不过那些优秀学生中也出过少数坏蛋。没有也有少数变坏了的。李老师听到这种消息……我被分配到公安局。在肃反中，我们查出个[illegible]当初也是他教过的一个优秀生。在枪决这个人的时候，李老师很激动，找到公安局，要求亲自开枪打他。没来被我们劝住了。~~

“一九五八年，咱们的高中班增加了一倍，别的学校增加的也不少，省教育厅决定要往下调一批老教员。这时候，要求下调的虽说也不少，真正行动起来~~的时候~~也还有些磨磨蹭蹭的。李老师不论按~~年~~岁数、按身体条件，都不是应该下调的，可是他看不惯那种不痛快劲儿，想带动一下，就坚决要求下调，这才被分配到咱们县里来。

“老革命总是老革命。新从省里调来的先生们，人数虽说不多，架子可还都有一点，来到咱们这小地方，好像受了很大的委曲，成天绷着个脸，一天说不到三句话。李老师可和他们不一样。李老师那时候已经是六十来岁的老头子了，可是仍然能和学生们在一起参加劳动，和学生们说说笑笑，仍像家庭里父子们那样亲热，丝毫没有看不起咱们~~这些~~那些小土包子学生的意思。

“一个人踏实不踏实，社会上是会有公论的。党内评

25×20=500

也有了许多已经受到表扬的发明创造。

“一九五八年，咱县的高中班增加了一倍，别的县份增加的也不少，省教育厅决定要往下调一批老教员。这时候，要求下调的虽说也不少，真正行动起来也还有些磨磨剀剀（蹭蹭）的。李老师不论按岁数、按身体条件，都不是应该下调的，可是他看不惯那种不痛快劲儿，想带动一下，就坚决要求下调，这才被分配到咱们县里来。

“老革命总是老革命。新从省里调来的先生们，人数虽说不多，架子可还都有一点，来到咱们这小地方，好像受了很大的委屈，成天硼（绷）着个脸，一天说不到三句话。李老师可和他们不一样。李老师那时候已经是六十来岁的老头子了，可是仍然能和学生们在一起参加劳动，和学生们谈谈笑笑，仍像家庭里父子们那样亲热，丝毫没有看不起咱们那些小土包子学生的意思。

“一个人踏实不踏实，社会上是会有公论的。党内评

第57頁

模時候，李老师被评為模範党员，後来又被選為党代表出席县里的党代大会，在会議中又當選了县委會委员。”

公安局長說到這里，特别提醒那位幹事說：“你想這樣一貫誠心誠意為革命的老同志，怎么會在倒賣烟葉這種投機買賣中去入股呢？那個大隊長那樣懷疑他，也不是沒有道理的，不過那是李老师受了贾鸿年的迷惑！老實人有時候是会受欺騙的。你再見了那位大隊長，要把李老师這些实情说说給他听！”幹事答應說：“好！”停了一下又問：“可是借錢這事提不提哩？咱們還不知道他是不是真借給贾鸿年一批錢，是不是真有替咱区買乾白菜這話。”局長說：“這個自然要打听一下。你可以下午再回公社去，去的時候再到我這里來一趟！”

公安局長听完了報告，便獨自一個人考慮如何向李老师打听贾鸿年借錢的事。他覺着事情雖不大，可有兩個難處。第一，經驗證明，李老师听到有哪個經過自己培養的學生做了壞事，都是要引起氣憤的。實在不好意思因為這一點事去打擾他。第二，一個公安工作者和人講話，一談到与对方有關的案件，对方馬上便會覺得他自己也成了当事人——要是在他家里談，他以為是到他家去進行調查；要是請到局里來談，他又要以為是傳

25×20=500

模时候，李老师被评为模范党员，后来又被选为党代表出席县里的党代大会，在会议中又当选了县委会委员。”

公安局长说到这里，特别提醒那位干事说：“你想这样一贯诚心诚意为革命的老同志，怎么会在倒腾烟叶这种投机买卖中去入股呢？那个大队长那样怀疑他，也不是没有道理的，不过那是李老师受了贾鸿年的连累！老实人有时候是会受欺骗的。你再见了那位大队长，要把李老师这历史情况说给他听！”干事答应说：“好！”停了一下又问：“可是借钱这事提不提哩？咱们还不知道他是不是真借给贾鸿年一批钱，是不是真有替灾区买干白菜这话。”局长说：“这个自然要打听一下。你可以下午再回公社去，走的时候再到我这里来一趟！”

公安局长听完了报告，便独自一个人考虑如何向李老师打听贾鸿年借钱的事。他觉着事情虽不大，可有两个难处。第一，经验证明，李老师听到有哪个经过自己培养的学生做了坏事，都是要引起气愤的。实在不好意思因为这一点事去打扰他。第二，一个公安工作者和人讲话，一谈到与对方有关的案件，对方马上便会觉得他自己也成了在案人——要是在他家里谈，他以为是到他家去进行调查；要是请到局里来谈，他又要以为是传訊。不過案情非全面調查不可，他也講不起這些。他想到~~將第一點，預先提醒李老師~~用電話問訊一下，話說得婉婉一點，可以減輕李老師一點不愉快；至於第二點顧慮，因為李老師是政治上成熟的人，想也不會以在案人自居。這樣一想，他便給李老師打電話把案情大体叙述了一下，然後便問借錢的事。當他听到李老師說賈鴻年是以給生產隊買騾子為由來借錢的話，便回說："你上當了！他們隊里連他礼拜六進城這件事也不知道！"李老師說："沒有想到！"公安局長繼續說："他拿了這筆錢，當天晚上就買到六十多斤烟葉！""六十多斤？""六十多斤！昨天一早，他和他舅舅就坐着他們村子里的拉煤大車，帶着那六十多斤烟葉進城來了，直到昨天夜里在他村子里開始查究的時候還沒有回鄉！""他还在我這里！你派個人來吧！""法院不打算捕他！他舅舅石三友明目張胆擾亂物價是不捕不行的了，至於他，法院只打算傳訊一次，讓他坦白一下，把案情交代明白，表明以後不再犯算了！"

李老師掛上電話回到房子里來，見賈鴻年軟做一堆、堆在自己的座上，像一堆狗屎。李老師釘了他一眼还沒有開口，他便像號喪一樣嗚嗚地哭起來。王蘭見李老師生了氣，便攙李老師到柳木躺椅上休息。李太太听到賈鴻年的讯。不过案情非全面调查不可，他也讲不起这些。他想用电话问讯一下，话说得娓（委）婉一点，可以减轻李老师一点不愉快；至于第二点顾虑，因为李老师是政治上成熟的人，想也不会以在案人自居。这样一想，他便给李老师打电话把案情大体叙述了一下，然后便问借钱的事。当他听到李老师说贾鸿年是以给生产队买骡子为由来借钱的话，便回说："你上当了！他们队里连他礼拜六进城这件事也不知道！"李老师说："没有想到！"公安局长继续说："他拿了这笔钱，当天晚上就买到六十多斤烟叶！""六十多斤？""六十多斤！昨天一早，他和他舅舅就坐着他们村子里的拉煤大车，带着那六十多斤烟叶进城来了，直到昨天夜里在他村子里开调查会的时候还没有回去！""他还在我这里！你派个人来吧！""法院不打算捕他！他舅舅石三友明目张胆操纵物价是不捕不行的了，至于他，法院只打算传讯一次，让他坦白一下，把案情交代明白，表明以后不再犯算了！"

李老师挂上电话回到房子里来，见贾鸿年软做（作）一堆，堆在自己的座上，像一堆狗屎。李老师钉（盯）了他一眼还没有开口，他便像号丧一样呜呜地哭起来。王兰见李老师生了气，便扶李老师到柳木躺椅上休息。李太太听到贾鸿年的哭声，也忙着從套间里走出来看。賈鴻年見李老師轉稱了地方，就從椅子上溜下来鼓鼕一声跪在李老師面前，一边哭着一边念念有詞地說出一連串求救的話。

李老師說："站起来！一切醜都被你出盡了！真要讓我救你的話，先把你這兩天幹那見不得人的事坦白一下！"賈鴻年站起来擦着淚說："老師我錯了！這事我自己雖說沒有直接參加，可是……""不要扯淡！說具体的！先從借錢說起！你借我的一百塊錢幹了什么？""我替買了烟葉！""你不是說給隊里買騾子嗎？""我錯了！我騙了老師！""往下講！"

賈鴻年看了看王蘭，李老師便轉向王蘭說："王蘭你走吧！本来讓你听一听一個青年~~不自爱~~有了資產階級思想能墮落到什么地步也有好處，不過看他這種表現，对着你們這些年輕人，还不願意把他的骯髒底子曝露出来！"王蘭見李老師態度冷靜下来，覺得也正是自己抽身走開的時候，便旋轉向李老師作別說："好！那我就走了！為了保重你自己的身体，請你不要太動氣！""好孩子！你放心好了！這是客观存在，動氣有什么用？"賈鴻年見王蘭要走，料想這次走開再不會繼續以前的關係。他總还有點不死心，想争取王蘭在店里等他一会，讓他重新表示一次哭声，也忙着从套间里走出来看。贾鸿年见李老师转移了地方，就从椅子上溜下来鼓咚（咕咚）一声跪在李老师面前，一边哭着一边念念有词地说出一连串求救的话。

李老师说：“站起来！一切丑都被你出尽了！真要让我救你的话，先把你这两天干那见不得人的事坦白一下！”贾鸿年站起来擦着泪说：“老师我错了！这事我自己虽说没有直接参加，可是……”“不要扯淡！说具体的！先从借钱说起！你借我的一百块钱干了什么？”“我爹买了烟叶！”“你不是说给队里买骡子吗？”“我错了！我骗了老师！”“往下讲！”

贾鸿年看了看王兰，李老师便转向王兰说：“王兰你走吧！本来让你听一听一个青年有了资产阶级思想能堕落到什么地步也有好处，不过看他这种来头，对着你们这些年轻人，还不愿意把他的龌龊底子兜露出来！”王兰见李老师态度冷静下来，觉得也正是自己抽身走开的时候，便趁势向李老师作别说：“好！那我就走了！为了保重你自己的身体，请你不要太动气！”“好孩子！你放心好了！这是客观存在，动气有什么用？”贾鸿年见王兰要走，料想这次走开再不会继续以前的关系。他总还有点不死心，想争取王兰在店里等他一会，让他重新表示一次

"大澈大悟"，只是鼓了鼓勇氣叫了一声"王蘭"之後，覺得以下的話不論怎樣說，都只能多引起王蘭一點鄙視，就要成"嗚嗚々々"的哭声了。王蘭只向李老师點了點頭便走出去。

王蘭去後，賈鴻年哭了一陣，便向李老师交代賣烟葉的事。他已经听到别人在電話里連"乾白菜"的謊話都告給李老師了，料想别的事也隱瞞不過，就把那些無法遮掩的部分躲々閃々地又說了一遍。最後他說："……我悔不該不听你老的教導，辜負你老的培養！念我年幼無知……"

另作一段排

李老師打斷他的話說："你不要這樣給你自己開脫！什么'年幼無知'？你是受過十一年學校教育的高中畢業生！你在回家參加農業生產時候，曾經和大家在一起宣佈過要去做一個有文化、有知識的勞動人民！現在你犯的錯誤，是因為'無知'呢，還是把你學得的知識用在投機上呢？"

賈鴻年急忙改口說："不！我說錯了！不是無知，是打不破私人情面。我父親和我舅々的行為我是知道的，不過我自己除了借錢之外是沒有參加過他們的活動的。我三番五次向他們声明過我不參加這種非法活動。這個他們都可以給我作証！"

“大澈大悟”，只是鼓了鼓勇气叫了一声“王兰”之后，觉得以下的话不论怎样说，都只能多引起王兰一点鄙视，就变成“呜呜呜”的哭声了。王兰只向李老师点了点头便走出去。

王兰去后，贾鸿年哭了一阵，便向李老师交代卖烟叶的事。他已经听到有人在电话里连“干白菜”的谎话都告给李老师了，料想别的事也隐瞒不过，就把那些无法遮掩的部分躲躲闪闪地又说了一遍。最后他说：“……我悔不该不听你老的教导，辜负你老的培养！念我年幼无知……”

李老师打断他的话说：“你不要这样给你自己开脱！什么‘年幼无知’？你是受过十一年学校教育的高中毕业生！你在回家参加农业生产时候，曾经和大家在一起宣布过要去做一个有文化、有知识的劳动人民！现在你犯的错误，是因为‘无知’呢，还是把你学得的知识用在投机上呢？”贾鸿年急忙改口说：“不！我说错了！不是无知，是打不破私人情面。我父亲和我舅舅的行为我是知道的，不过我自己除了借钱之外是没有参加过他们的活动的。我三番五次向他们声明过我不参加这种非法活动。这个他们都可以给我作证！”

第 61 页

李老師說："用不着别人作證，你自己做的事实就足夠給你作證了！借資本、買包皮、託詞偽裝、裝車、卸車、往窝棧送貨、挪用公款作爲操縱市價資本，哪一件不是你親自做的？是否'参加'難道要靠'声明'嗎？"要不是李老師這樣指出，就連賈鴻年自己也覺着沒有参加夠這么多。他說："老師老師！這都怨我警惕性不高！憑我的良心說，這都是不自覺的！"李老師說："說你都是自覺的也許你覺着寃枉，不過要說那都是機械行動，是一件也說不過去的！你向我借錢，就不自覺地說成買騾子用了嗎？在買蔴袋時候，就不自覺地說成給老師買乾白菜了嗎？不自覺地就把烟葉說成乾白菜裝上車了嗎？不自覺地卸下烟葉來就送到隆昌窝棧了嗎？不自覺地就把一百八十塊公款給了你哥哥嗎？這怎么說得通呢？你要澈底認識一下這一連串行爲的性質！澈底認識一下你現在成了什么樣的人！"

賈鴻年說："李老師！經過你這一番指教，我一定要正視錯誤，澈底檢查一下我自己！我一定要痛改前非重新做人！不過爲了顧全你对我這個不成材學生的三年栽培，爲了挽救我這樣個淪落到墮落边緣上的青年，还請你老答应我一件事！"李老師說："只要你有決心自救，我自然要指給你個出路！"賈鴻年說："只是要要求你老先

25×20=500

李老师说："用不着别人作证，你自己做的事实就足够给你作证了！借资本、买包皮、托词伪装、装车、卸车、往客栈送货、挪用公款作为操纵市价资本，哪一件不是你亲自做的？是否'参加'难道要靠'声明'吗？"要不是李老师这样指出，就连贾鸿年自己也觉着没有参加够这么多。他说："老师老师！这都怨我警惕性不高！凭我的良心说，这都是不自觉的！"李老师说："说你都是自觉的也许你觉着冤枉，不过要说那都是机械行动，是一件也说不过去的！你向我借钱，就不自觉地说成买骡子用了吗？在买麻袋时候，就不自觉地说成给老师买干白菜了吗？不自觉地就把烟叶说成干白菜装上车了吗？不自觉地卸下烟叶来就送到隆昌客栈了吗？不自觉地就把一百八十块公款给了你舅舅吗？这怎么说得通呢？你要澈底认识一下这一连串行为的性质！澈底认识一下你现在成了什么样的人！"

贾鸿年说："李老师！经过你这一番指教，我一定要正视错误，澈底检查一下我自己！我一定要痛改前非重新做人！不过为了顾全你对我这个不成材学生的三年栽培，为了挽救我这样个沦落到殁（没）落边缘上的青年，还请你老答应我一件事！"李老师说："只要你有决心自救，我自然要指给你个出路！"贾鸿年说："只是要要求你老先替我向法院求個情，不要讓我到法院去，其餘一切我都听你指教！”李老師說：“賈鴻年！你要真正想做個人的話，就得先把個人得失放過一边去！一個有文化、有知識的社会主義公民做錯了事，難道不应該先把自己应负的社會責任承担起来嗎？不要先從個人得失方面考慮後果！要先老老實實回到你的生產隊去把你所犯的錯誤坦白交代一下，听候隊里處理！至於法院要不要捕你，那是法律上的事。一個社会主義公民，如果違反下了应得之罪，本来应該自請處分；退一步說，即使不能那樣嚴格要求自己，也应該是听候處分，絕不应該逃避希望幸免！青年失足是可以挽救的，不過得你願意站起来重新做‘人’！一個高中畢業生，難道不应該有這一點自覺性嗎？回去吧！如果你真想重新做‘人’，就照我說的做，否則以後不要再来見我！”

後来

賣烟葉的故事說到這里就算說完了。熱心的朋友們如果還要問後来怎樣，还可以簡单交代個结果：

一、石三友公然操纵物價擾亂市場，判處有期徒刑九個月，由生產隊保回管制生產，倘在守法期间再有不法行為，立即送回法院。

二、石三友摜賭供銷社的一百八十斤烟葉，原價退歸

25×20=500

替我向法院求个情，不要让我到法院去，其余一切我都听你指教！”李老师说：“贾鸿年！你要真正还想做个人的话，就得先把个人得失放过一边去！一个有文化、有知识的社会主义公民做错了事，难道不应该先把自己应负的社会责任承担起来吗？不要先从个人得失方面考虑后果！要先老老实实回到你的生产队去把你所犯的错误坦白交代一下，听候队里处理！至于法院要不要捕你，那是法律上的事。一个社会主义公民，如果造下了应得之罪，本来应该自请处分；退一步说，即使不能那样严格要求自己，也应该是听候处分，绝不应该还希望幸免！青年失足是可以挽救的，不过得你愿意站起来重新做‘人’！一个高中毕业生,难道不应该有这一点自觉性吗？回去吧！如果你真想重新做‘人’，就照我说的做，否则以后不要再来见我！”

后来

卖烟叶的故事说到这里就算说完了。热心的朋友们如果还要问后来怎样，还可以简单交代个结果：

一、石三友公然操纵物价扰乱市场，判处有期徒刑九个月，由生产队保回管制生产。倘在守法期间再有不法行为，立即送回法院。

二、石三友抢购供销社的一百八十斤烟叶，原价退归供銷社；供銷社所退價款，係生產隊之公款，由石三友湊足原數歸還生產隊。

三、賈連陞收購薛家的六十一斤烟葉，按國家收購價格賣給收購站；薛家不退價，不足之數由賈連陞自行退賠。

四、賈鴻年助虐為惡挪用公款，本應判刑，念其在法院傳訊之先，已在生產隊坦白認錯，免予刑事處分，令其在青年人生組織中詳細作思想檢查。

五、在這一案件之外，另知供銷社門市部增加零售烟葉一項以穩定市價，其售價平時略高於初級市場。

25×20=500

供销社；供销社所退价款，系生产队之公款，由石三友凑足原数归还生产队。

三、贾连升收购群众的六十一斤烟叶，按国家收购价格卖给收购站；群众不退价，不足之数由贾连升自行认赔。

四、贾鸿年挪用公款助舅为恶，本应判刑，念其在法院传讯之先，已在生产队坦白认错，免予刑事处分，令其在青年学生组织中详细作思想检查。

五、在这一案件之外，县供销社门市部增加零售烟叶一项以稳定市场，其售价平时略高于初级市场。

出版卷

卖烟叶

卖烟叶[4]

[4] 本文第一次发表于1964年《人民文学》第1期、第3期。

现在我国南方的农村，在文化娱乐活动方面，增加了“说故事”一个项目。那种场面我还没有亲自参加过，据说那种“说法”类似说评书，却比评书说得简单一点，内容则多取材于现在流行的新小说。我觉得“故事”“评书”“小说”三者之间没有严格的界限。例如用评书形式写成的《水浒传》，一向被称为“小说”；读了《水浒传》的人向没有读过的人叙述起这书的内容来，就又变成了“说故事”。

我写的东西，一向虽被列在小说里，但在我写的时候却有个想叫农村读者当作故事说的意图，现在既然出现了“说故事”这种文娱活动形式，就应该更向这方面努力了。闲话少说，让我先写一个卖烟叶的故事试试灵不灵。

秋末冬初，正是华北某些零星产烟区收购烟叶的时候。

有个名叫王兰的姑娘，在一个星期天，给他们的生产队到县城里收购站去交售烟叶。因为到得晚，交了货天就黑了，只好赶着空车下店住了宿。这姑娘是个高中学生，学习成绩和他们班里的几十个同学比起来，是数一数二的。她本来在这一年（一九六三年）暑假就该毕业，不幸她的父亲在这年夏天病故，她连照顾病人带打发死人，前后误了两个多月课，事情忙完了，连毕业考试也误了，所以只好休学一年。

她要是没有别的事，星期日卖了烟叶，星期一早晨就该回去了。不过她还有点小事需要耽搁一会。她原来就在这县立第一中学上学。在她上学的后三年（高中时期），有个教语文的李光华老师很器重她，和她师生感情很好，她想顺便去看望一下这位李老师。

第二天，大约九点钟的时候，她走到学校大门口，正碰上李老师提着个小书包从门里走出来。这位李光华老师大约有六十四五岁的年纪，穿着一身半新不旧的蓝布制服，两袖和胸前带着粉笔灰。凡是熟识他的人，都知道他这衣服是四季不变色的，两袖和胸前的粉笔灰也是有永久性的。学生们有时候提醒他说：“李老师！看你胸前那粉笔灰！”他常回答说：“没关系！粉笔灰是干净的！”有时候也许顺手拂打两下子，不过结果往往是除了没有拂打掉，反而增加两个白道道儿。这不过是李光华老师一点表面特点。李老师的特点多得很，不过我不打算在他刚出学校大门时候多做交代，待一会让故事里的一个人替我介绍吧。

王兰看见李老师一出门，便跑到他身边和他打招呼。李老师是大个子，王兰的个子只能打到他的腋下。他看见王兰穿着一件农村妇女们常穿的有大襟的夹袄走近了他，一时没有认出来是谁，不过听到王兰叫他李老师，便认得是王兰的声音了。“小兰！好孩子！你外表上已经打扮得像个农民了！”“李老师！不只是外表，我已经学会赶车了！”“那自然更好了！到家里玩玩去！”“好！”

李老师的家，王兰是常去的，所以走在前边。李老师是党的县委会委员，住在县委会家属宿舍里。他和两个县委书记三家共住着一排房子，每家三间——两间宿舍、一间厨房，他占的是中间那三间。他的孩子们都在别处做事，家里只有个六十来岁的老伴。王兰和这位老太太也熟识得很，一进门打过了招呼，便和李老师对坐在书桌旁边谈起话来。

李老师虽然也看过王兰的休学申请书，见了面还是想问一问她家庭的情况。这倒不是客套。前边提过，李老师对这个学生是很器重的。李老师问过她的家庭情况之后，慨叹了一会便嘱咐她说：“在农业上锻炼锻炼也好，不过要瞅空儿温习功课，特别是数、理、化和外文，一丢开就非常难补……”“李老师！我不想再上学了！”“为什么？”“我今年就已经二十岁了……”“从你们那一班往前倒数，学生们的年龄都大一点！这是战争环境造成的，大一点又有什么关系？是不是因为贾鸿年考大学没有被取上，你们要结婚了？”王兰突然把她的两道长眉一攒说：“李老师！快不要提他！我生他的气！”李老师说：“二十岁大姑娘了还是那样孩子气！又是因为从前那些小误会吗？”“一点也不是误会！从前的也不是！”

话说到这里，外边有人叩了三下门。这种叩门的叩法有点别致：速度是不紧不慢的，声音是不大不小的。王兰一怔，低声说：“说曹操曹操就到！这是贾鸿年！”李老师也说：“像！”王兰把声音放得更低一点说：“他只有叩你的门才是这样叩法！”李老师正要答话，外边又照样叩了三声。李老师说：“进来！”

李老师的三间屋子，除了厨房是另开门以外，这两间共一个门，坐北向南，西一间是套间，东一间就是李老师和王兰正在谈话的这一间，一窗一门并列着，门在东，窗在西，靠窗就是李老师的书桌，左右两头放着两把椅子，李老师在左，王兰在右，面对面坐着；另有一个茶几放在和书桌对过的后墙根，茶几旁边只有左方放着一把柳木躺椅——这种椅子比普通椅子要低差不多半尺，背上带着个大木圈子，靠背就镶在圈子里，在工作时候不能坐，只能斜躺下休息。

门开了，走进来个二十来岁的青年男学生，穿的衣服除了没有粉笔灰，几乎完全和李老师的制服一样。这个人，从体格上看，和一般男青年没有什么不同，不过从他一进门迈的那两下脚步和他脸上那毕恭毕敬的神情上看，那种老成持重的样子，和他的岁数实在不相称。这个人正是王兰料定的那个贾鸿年。

这时候，李老太太已经回套间里去了，屋里只剩下李老师和王兰。贾鸿年一进门，朝西一扭头，自然是先和李老师碰面，不过同时也能看到王兰的脊背。王兰本来不愿见贾鸿年，可是碰上了也和军事上的"遭遇战"一样，想躲也没法躲，所以暂且用两手托住头，把身上略伏下去，准备等对方和自己接话的时候随便支吾几句，找个空子走开了事。贾鸿年进门来定住身扭头朝着李老师一看，好像亮了个相，然后把身一转、把腰一躬，紧紧走了几步来到书桌边，行了个九十度的鞠躬礼说："李老师，你好！"要是当一个话剧演员的话，他这一串又恭敬又热情的动作，和最后说那句台词的速度、声调，都可以打个八九十分。李老师点头答应着，并且指了指茶几旁边那张柳木躺椅说："坐下！"贾鸿年转回身去，规规矩矩迈了两步走到椅子跟前，又规规矩矩转过身来坐下去——因为椅子低，他把小腿略屈回去一点，两肘放在膝盖上，屁股刚沾了个椅子边——眼神仍然又对住李老师，不过因为距离远了点，看得全面一点，才看见李老师对面坐的是王兰。

从贾鸿年坐下去之后马上伸着脖子面对李老师那股神气来看，他好像急须要向李老师提出什么特别庄严的问题，可是就在这时候猛然发现了王兰，他的神气就又发生了变化。"王兰？"他先这样带着疑惑的口气叫了一声——好像是说"原来是你呀"，可是他下边的话和叫的这一声接起来，好像有点前言不照后语。他说："我早断定你是到这里来了！"王兰觉着有点奇怪，便问他说："你听谁说的？"要是在别处，贾鸿年一定会说："你猜！"可是他觉得对着李老师这样说不大合适，所以便用正经口气回答说："同学！"王兰可不考虑口气问题，听到他这样回答便气忿忿地说："你见鬼！我连一个同学也没有碰上过！"贾鸿年正要答话，外边窗台上的电话铃响了。

李老师的窗子上只有一块一尺见方的玻璃，剩下都是纸糊的，不隔音，只要电话铃一响，里边就不用再想谈话。铃响了一阵没有人接，李老师正要去接，走到门边就听得个小姑娘接住了说：“要谁呀？”停了一下便喊：“马大娘！电话！”李老师见不是叫自己的，便仍旧返回去坐在他的位子上。贾鸿年又正要说话，那位马大娘在窗外说话了：“三嫂？你几时来的？三哥来了没有……好！你那些孩子们也好吧……来吧……你现在在什么地方呀……你打那里往北，碰上一个山货店就往西拐，过两个门，路北有棵槐树，那里有个小胡同……”这位老太大左一弯、右一拐地说了半天，又重复了两遍，好容易才把她要说的那条路线说清，然后把电话挂上。贾鸿年早就等得不耐烦了，好容易等窗外静下来，便向李老师说：“这电话是才安装的吧？怎么安装到你的窗台上？这样子吵着还能工作？”李老师满不在乎地说：“没关系！反正总得有个地方安装！”贾鸿年转向王兰笑了笑说：“原来你那些话都是学着李老师说的呀？”王兰说：“就算我是学李老师，学的也是好事！李老师要像你的话，就要叫把电话安装到别人的窗台上，吵别人去！”贾鸿年说：“我没有那个意思！你不要咬住我那一两句话乱引申！咱们对着老师不可以这样开玩笑！你拿什么事实能证明我是那样一种人？”他这段话说得像炒豆儿那样急，完全失掉了他刚来时候叩门的那种风度。

李老师说：“算了算了！不要常为这些小事情争吵！”王兰没有再接话，贾鸿年恭恭敬敬点头答应了个“是”。王兰看到这是个抽身的机会，便向李老师说：“李老师，你们谈，我要回去了！牲口还在店里站着哩！”李老师还未答话，贾鸿年抢着说：“那也好！”又转向王兰把语调放得很温和地说：“王兰！我求求你！你住在哪个店里？请你在店里等我一小会好吗？”王兰说：“不行！现在已经九点多了，牲口又不太快，还有六七十里路哩！”李老师觉得王兰说得有理，便向王兰说：“也对！净是山路，天黑了不好走！”王兰站起来正要动身，李老师又补充着说：“记住我前面和你说的话！要趁空儿经常温课！”王兰说：“课我倒是常温习着的。本来学的东西就不多，丢了很可惜；不过，李老师，我真不能复学了！”“为什么？”“我爹去世后，家里就只有我妈和我两个人了！”“你母亲不能劳动了吗？”“能劳动也只能顾住她自己，怎么还能供我上学呢？”“你队里没有助学金吗？”“助学金只有两个名额，我要了别人就得不着了！我不去争那个！反正总要有得不着的哩！”说着便向李老师点头告别。李老师说：“等一下！除了经济问题再没有别的问题了吧？”王兰又略略考虑了一下，贾鸿年却趁空儿向李老师说：“李老师，我也要走了！我有个要紧的事想求求你，又觉得不应该再给你添麻烦，不过再三踌躇，还只得来求你——因为除过老师你，别人一来没有那力量，二来也不会真心帮助我！”“什么事？你直截说好不好？”“对不起！前天给我们队里买骡子借你那一百块钱……”“那没有什么！为集体的事嘛！我又不等着花！不现成以后有了捎来好了！”“不不不！事情比那严重得多！昨天我给队里来交售了五百斤烟叶，一共得了三百块钱。钱拿到手，我就要先来还你那一百块，可是走过集上，因为星期天人太多，好挤了一阵才挤过来，赶走到人稀的地方向口袋里一摸，三百块钱一齐不见了！”“丢了？”贾鸿年很丧气地说：“嗯！没有想到社会主义社会，还有人敢在别人的口袋里往外掏钱！”“唉！这都怨你没有真正尊重党中央和毛主席的话，党中央和毛主席不是多次提醒大家说整个社会主义历史时期还存在着阶级斗争吗？现在你打算怎么办？”“丢就是丢了！‘钱’又没个记号，找是找不着的。我妈妈还有一对陪嫁的大柜，我想回去抬到县里来卖了赔出来，只是队里初次托我办事，我不想担那没出息的名儿，因此想请老师再借给我二百块钱，等我卖了柜一并还你！”李老师没有马上答应，只是扬起头来考虑。

就在这时候，院里的电话铃又响了，还是那个小女孩接住问了一下，然后朝里边说：“李老师！你的电话！”李老师只得放下他们两个人去接电话去。

李老师出去之后，贾鸿年觉着正是争取王兰一点同情的时候。他看了看王兰，见王兰没有什么表示，便主动地从自己坐的那把躺椅上起来，移到李老师坐的那把椅子上去。窗外李老师的话，只是些不接连的“嗯……是……有来……”等等声音，贾鸿年把头伸到王兰的耳朵边轻轻地说：“你看这多么倒霉呀！”王兰把身子往后一仰躲开他，低低地可是恨恨地说：“谁知道你搞什么鬼！”贾鸿年说：“我又怎么得罪下你了？九月份写给你那么长的信，就连你个纸条也得不着；这会碰上我遭这么大的事，你不只幸灾乐祸，还要疑神疑鬼！这都从哪里说起呢？”王兰真想马上走开，可是李老师问自己的话自己还没有回答，走开了太不礼貌，所以仍耐着性子待下来，不过她也不再准备正面回答贾鸿年问她的话，只简单回答说：“我爱怎么做、怎么想，都有我的自由权，没有向你说的义务！”贾鸿年又把语气转得更温和地说：“我的兰兰！难道我们的关系已经变得这样简单了吗？就是真要散场，总也还得吹个‘尾声’吧？兰兰！你对我这样胡猜乱想是很危险的！我求求你：咱们不要在老师这里闹，待一会我到你住的店……”“干白菜？没有！”李老师在打电话中间提到了个“干白菜”，贾鸿年吃了一惊。这时候的贾鸿年再顾不上向王兰提要求，也再顾不上考虑对王兰应该表现什么风度，干脆把耳朵贴到纸窗上听李老师打电话，嘴张得像在皮球上挖了个窟窿。

院里的李老师，依然继续打电话：“嗯……听谁说的……没有想到……六十多斤……他还在我这里！你派个人来吧！”院里的李老师把电话机一挂上，里边的贾鸿年的腿一软便跌坐到椅子上。李老师怒气冲冲地走回来向着贾鸿年盯了一眼，贾鸿年把头低到肚子上“呜呜”地号哭起来。王兰料定贾鸿年有鬼，可也不知道鬼在什么地方。

贾鸿年究竟在什么地方弄鬼，不是三言两语可以说清楚的。为了把原因交代明白，只好让他多哭一阵子。

以下我便要交代他哭的原因了。

智取王兰

王兰和贾鸿年在高中同班，本来都该在本年暑假毕业，后来王兰因事休学，贾鸿年一个人毕业了。他们两个都是高才生，特别是文章做得好，李老师很器重他们，以为是不可多得之才。他们两个又都爱文学，李老师又是个业余作家，因此他们常好到李老师家里来请教，并且就因为在这请教中常碰头，才产生了彼此爱慕之意，后来关系深了，就在李老师面前也不避忌——不但不避忌，有时候有点小摩擦，李老师还替他们排解。

贾鸿年读的文学书籍比王兰多一些，文章也写得比王兰更好一些，在一些纪念节日或者班里的会议场面上讲起话来，也要比王兰讲得更热情、更全面、更有政治风度。王兰对他很钦佩、很信任。

他们两个人同时申请入共产主义青年团，王兰被批准了，贾鸿年却没有被批准。

据团支部了解：王兰的特点是“吃苦在前、享受在后，心直口快、有甚说甚”。例如每个学期开学，集体买回来的课本、文具，总难免有有缺点的。这有缺点的东西，发到别人手里，往往还要争着换一换；发到王兰手里，王兰便一声不响地收起来——要是有人提醒她去换，她便会说“反正总得有个人要”。年关节日大扫除，布置会场，做脏活、重活常是她带头——有人为她鸣不平，她便要说“反正总得有个人做”。团支部了解贾鸿年的特点则正和王兰相反。贾鸿年的特点是“看客下菜、看风驶船，明似谦恭、实则傲慢”。例如见了李老师就温文儒雅地谈文学，见了班主任就严正其辞地谈班风；叩李老师的门是不紧不慢、不轻不重地叩三下，回到自己宿舍则是不管门里有人无人，把门一脚蹬开，先来个武生亮相。

王兰入团之后，贾鸿年又提出第二次申请。团支书派王兰帮助贾鸿年克服缺点，及至把贾鸿年的缺点说给她，她反替贾鸿年辩护说那都不是事实；团支书批评她看事物不够客观，她还有点不服气。其实当时也很难怪她。贾鸿年的缺点，绝大部分是不会暴露给她看的。不过每个人的缺点，都不能在熟人面前长期保密，贾鸿年对王兰自然也不例外。

这个中学的学生自习，都是在课堂上做的。上年快放寒假的时候，有一天晚上在课堂上做自习，团支部叫王兰谈话去了，过了一阵，王兰附近桌子上一位男同学想借王兰的尺子用一下，就拉开抽斗去取。贾鸿年气势汹汹地走过来架住他的手说：“你有什么资格翻人家的抽斗？”那个男生的功课做得不太好，见是贾鸿年这位常被老师称赞、又是王兰朋友的高才生，觉着不便较量，就缩回手去归了座。贾鸿年正去替王兰关抽斗，忽然看见王兰的笔记簿在抽斗里，就随手把笔记簿抓出来。偷看人家的笔记簿本来就够不应该了，可是他还偏要摆个特别的架势来看——他把抽斗关回去，一纵身坐到桌子上，右脚蹬住王兰的座位，把左脚架到右膝上，双手揭开笔记簿向前一伸，堂堂正正地看起来。叫他不够十分得意的是：他刚刚把笔记簿揭开，王兰气冲冲地一开门走进来了。贾鸿年听到门响，把眼光从笔记簿上移开一看，见是王兰，就跟屁股上安装着滑轮一样，一骨碌从桌子上溜下来——不过他也没有马上走开。只是拿着笔记本规规矩矩地站在桌子横头候命。王兰连看也没有看他，只是拉开抽斗看了看说：“谁翻我的抽斗？”前边桌子上一位女同学和她开玩笑说：“有资格人士！”王兰气愤地说：“谁敢有这资格？”那位女同学仿着她平常的口气说："反正总得有个有资格的！"贾鸿年觉着这会正是自己表示资格的时候，就恭恭敬敬把笔记本递过去，虽说没有开口，意思好像是说："要不是有我保护，你的抽斗早被别人翻了！"可是他得到的效果并不够理想——王兰气冲冲地把笔记簿夺过来摔进抽斗，"砰"地一声把抽斗关上了。原来当贾鸿年架住那个男同学的手那时候王兰就回来到教室外边了，因为夜间屋子里有灯的时候，里边看不见外边，外边却能看见里边。王兰在这情况下初次发现贾鸿年对同学如此无礼，想观察一下，所以没有马上进来，及至看到他翻阅自己的笔记簿那种傲慢的态度，实在觉得忍无可忍了才走进来。

从这以后，王兰对贾鸿年才事事留神，过了一些时候果然发现和团支书所说的一样。她每发现一件事都要和贾鸿年闹一场气，不过是背地里闹的多，当众闹的少。她开始和贾鸿年闹气的时候，只是一种恨铁不成钢的心情，以为只要跟他闹一下，他以后就不敢犯了。贾鸿年随机应变的鬼本领是很出色的：每当王兰和他闹起来，他觉得能抵赖过去的就千方百计地抵赖，抵赖不过去的就低声下气求饶，"誓死不再犯"的话说过千百遍，可是"再犯"的次数要比"誓死"的次数多得多。贾鸿年揣摸透了王兰一种规律，那就是每向她表示一次悔过，就能把她的感情拉得更接近一点，因此不但不怕她闹，并且在较长时间里不闹的时候还故意出一点小错挑得她来闹一闹。王兰就在他这个圈子里和他越闹关系越深，发现的毛病越多反而越不容易一刀两断。王兰自从抛不开贾鸿年之后，也不再像从前那样"心直口快"了——例如在李老师面前对贾鸿年的小错误虽然也常常指责，可是遇上比较大的错误反而会给他隐瞒，比起以前来，就不够直爽了。李老师不知道详情，所以往往以为他们是犯了小孩子脾气，有时候还替他们排解。

创作忙

在本年上半年，贾鸿年写了一本二十来万字的长篇小说稿，写的是他们大队前任大队长。他把稿子拿给李老师看了，李老师说不行，说主要问题是不像——写大队长当长工时期的生活不像个长工，写他当民兵又不像民兵，写他当支部书记又没有写具体场面，写土改又是把别人的小说改头换面抄过来的。他请李老师提修改的意见，李老师说不是技术问题，而是没有社会生活知识问题。并且告他说：“写自己不懂的事谁也写不好。”但是他不甘心放弃，老是在自习时间里改来改去。他这位高才生上不了大学，与这事大有关系。

他和其他考大学没有被取上的同学们一样表示过要回家参加农业生产，做一个有文化有知识的劳动人民，可是一回到村子里，有了和那位前任大队长长期接触的机会，又唤起了他重新修改那本长篇小说的念头。他起初是一有空儿就找这位大队长问长问短，后来干脆误上整工找人家谈细节。

这位前任大队长，已经有六十多岁年纪，身体也不大好，家里又不缺劳力，按一般习惯，就是不再上地，也不会有人责怪他。不过这老人有很浓厚的类似封建时代的功臣思想——觉着自己是长工出身，一九三八年入党的老党员，领导过本村的土改，当过支部书记兼民兵指导员，合作化初期试办过初级农业社，高级化以后还是社长，公社化后又当了一年大队长，如今虽然因为年老体弱光荣地退休了，可是家里儿孙满堂、人财两旺，很足以尽天伦之乐，因此逢戏就看，逢集就赶，每逢春暖花开的时候，买个车票到省里或京里游游名胜古迹，找几位攀得上关系的高级干部合拍几张照片……以为一个人得着了这样幸福的结局，也算罢了；现在贾鸿年要把他这光荣的历史写成书，在他看来更是一件锦上添花的好事——觉着自己现在已是盛极一时，那样就还可以流芳千古，所以十分乐意和贾鸿年合作。

这样一老一少便忙忙碌碌共同搞起创作来。贾鸿年对这位老队长几十年的生活史，考问得十分详尽，几乎连一天也不肯放过。例如谈到老队长九岁上给人家某富农放牛，就要问放了几个什么样的牛，穿什么样衣服，戴什么样的草帽，拿什么样的割草镰刀，在什么样的山坡上放……；问到给地主当长工算工资的一段，又要问在什么样的房间里，房里摆着些什么家具，地主坐在什么位置上，自己蹲在哪一块儿……；其中谈到了一些具体动作——像赶牛、割草、地主讲话的姿态等等，贾鸿年便要请老队长摆起个架势来，自己按照那种架势找出描写它的适当字眼儿，写成一段材料。他们两个人搞的这种工作，在别人看来像照相、像排戏、又像巫师下神。村里有个爱说快板的人给他们编了两句顺口溜说：“老功臣，少子弟，不去生产光排戏！”

村里对他们两个人的闲话太多了，党支部开会批评了这位老党员老队长，生产队长也找贾鸿年个别谈过一次话，才把他们的排练次数约束了一下——不占主要生产时间。

老队长究竟是老党员，经过批评之后，认识到自己晚年的居功享乐思想给党造成不利的影响，所以就不再那样热衷于表现自己了。贾鸿年的急于成名思想却不那么容易纠正过来。他既不是党员又不是团员，党无法对他提出严格的要求。生产队长叫他谈话的时候，他虽然也表示过“以后一定要以参加农业生产为主，有了空闲时间再搞创作”，可是在实际上他并没有真照他答应的那样做——开始的两天是白天上地劳动，夜里创作；两天之后把他搞病了就请了病假；后来对外说“一病不起”，实际上只病了一天，其余的时间是借病创作。

这样又引起一点家庭内部矛盾。他父亲是商人出身，当年和他舅舅在河南一带跑通行商[5]，回家之后趁空子还搞点小买卖。就在他装病写作的中间，队里死了个小驴，他父亲和他舅舅买了来，明说是买来吃，实际上是合伙到一个集市上去卖腊肉，要他停下写作去帮几天忙收收钱。他说：“不行！我的事情正放不下手！”“你搞那能抵钱花吗？”“爹！你怎么净说钱？”“白供你念了一阵子书！自己不能赚钱，又要花我的钱，可又看不起钱！我养活你叫作什么呀？”“你要知道人到世上不光要活个钱呀！”“你写来写去究竟写些什么高超的东西我也不懂，可是照你这样写下去，钱还得花我的呀！”“就专以钱说，也要比你卖那点死驴肉弄得多！”“你胡吹！谁管给你钱？”贾鸿年想：“这老人家既然只懂得钱，就只给他谈谈钱的方面吧！”他便把如何投稿、如何算稿费的规定说了一番。他父亲听了半信半疑，和他舅舅在集上谈论过一回这事，可巧有他村里人听见了，回来就传说他写的这本书至少能卖一千块钱。

这种传说给贾鸿年造成一种顾虑。他觉着这话如果传得叫王兰或者李老师知道了，自己的地位便要一落千丈，因此常常埋怨他父亲多话，父子俩便常因为这件事争吵。他觉着这种环境真不能创作，将来非改变一下不可。不过改变环境只能算以后的事，贾鸿年还是在这争吵的环境中创作下去了。

大约一个月工夫，贾鸿年写了十多万字，作为这本小说的第一部——他的计划是把全书分为四部，第一部只写那位老队长的放牛和当长工时代。他写完了这一部

[5] 通行商，即行商，往来贩卖、没有固定营业地点的商人。

分，自己读了几遍，觉着非常满意。他本来想先寄给李老师看看，后来又改变了主意。他对李老师教他的创作方法大部分都接受，就是对李老师说的那“作家必须先参加社会实际生活”有怀疑。他总觉得详细的“访问”和“参加”一样。他想把稿子寄给李老师看就是想在李老师面前证明他自己的想法正确——也可以说是向李老师示威，或者说纠正李老师的“错误”观念，后来又怕李老师不相信他在没有参加社会实际生活以前能把这部作品改好，因而把他的稿子根本放起来不看，误了他早日发表，所以才改变主意先投到省人民出版社编辑部。主意一定，他便妥善加封，亲自送到邮局挂号寄出。寄出之后，日日夜夜地设想不久便要一鸣惊人的前景——像接到书，领到稿费，书送大队一本、公社一本、李老师一本、王兰一本，以及稿费如何开支等等。

万言书

贾鸿年把稿子寄出之后，除了想到将来如何惊人之外，同时自然要想到王兰。从夏天王兰回家伺候病人开始，他隔不了三天便要给王兰写一次信，王兰父亲病故的时候，他还亲自去慰问过一次，后来仍是不断有书信往来。近个把月来因为过度地把精力集中在创作上，竟有二十多天没有给王兰写信，从王兰对他的信任“程度”上看来，他觉得是很危险的。他想必须写一封异乎寻常的长信，才能挽回这种影响。可是要写长信，不是把时间更拖长了吗？再说亲自去看望一番吧，又是秋忙时期，王兰又不会装病，见了面谈不了几句话人家就下地了，自己又不好跟上去，仍是表不明心迹……想来想去，总算想出个好主意来：先用短信打个招呼，然后再写长信。主意一定，他便写出这样的一张信笺：

我的久别的兰兰：近来忙于秋收，多日不通音信，按我们的关系说，我想你一定不会怪我。在这紧张的秋收中，我另外得到了一种不小于秋收的收获，其内容一言难尽。我将用万言长信把这种收获报你知道。这种收获，关系到我们两人的前途问题，所以先给你送个节目预报。

年　　九月二十七日

他给王兰写信的格式，也是经过精心研究的：为了表示亲昵，用“我的”这么两个字开头；为了表示免俗，又只称原名而不用“快乐”呀，“鸽子”呀等等古怪称呼；结尾用“敬礼”则觉太卑，“一吻”又太俗，“握手”则太平，不如什么也不用反而雅淡大方；后面签名的地方，单签一个“年”字，写得工整一点，足以表示自己高而不傲的老大哥风度。他暑假后给王兰的每封信都差不多是用这个格式。直爽的王兰，虽然也知道注意观察他的言行，而在这些微小的地方，可没有发现他也是做戏，所以看了他好多来信，反而以为他自从参加了农业劳动，比以前变得朴实了。

王兰接住他这次写的这封简短的信，猜测了半天，以为可能是他在农业生产上有了什么较大的发明创造打算，或者建设计划，需要自己和他去共同完成，及至又等了几天接到他的万言书，完全是另一回事。这一下可把王兰气坏了。

信是怎样写的呢？原信太长了，念一念也得两个钟头，这里只能扼要地谈谈它的内容。他这封信有三个要点：第一点叙述了这本书的创作过程和对这个成品的估价，第二点是改善创作环境的计划和所以那样做的正当理由，第三点是要求王兰秋后就和他结婚，以便共同安排。

他的创作过程，前边已经有那两句顺口溜可以说明，不必重复。他对他的作品估价，在这封长信里有这样一段结束语：“……同上学期你和李老师都看过的初稿几无一段相同，可惜投寄时候没有留下底稿，无法举例，不过我的总感觉是比现在流行的新作品都要细致一点。”为了取得王兰的信任，并且还说：“你不要怕我会再因此骄傲。自从听了你今年五月二日下午四点钟在学校体育场上那次忠告以后，在戒骄戒躁方面，我已经是无一事不加检点的了。”

这信的第一部分，虽然有末尾那些表明心迹的话，仍然引起王兰一些怀疑。在写文章方面，王兰佩服他的才华；评论起别人的作品来，王兰也相信他有一定的眼光。只是把他写的东西和现在已经流行的作品比起来，王兰觉着他那两下子还差。再一点怀疑，是他前边那封短信上说他因为秋收竟忙得连信也顾不上写，怎么会在这忙碌的一个月中，写出十万字而且还比别的作品都强的作品来呢？王兰想“一定有鬼”。

王兰接着又把这信的第二部分看了一半，才知道他在这忙碌的秋收中，除完成了十万字的小说，还有更惊人的创作。信里这样说：“……由于我们两人的结合，决定了我们今后的生活要以创作为主。一个月的创作生活告诉我，环境对于创作往往有决定的意义。我有个改善创作环境的方案，需要等你来了之后共同实现。事关你我终身大计，我需要不厌其详地写在下边，来征求你的意见。”接着便是有图有文的方案。方案开始是这样写着：“咱家（实际上还只是贾鸿年自己的家）你是来过一次的。咱家的南房后墙，是紧靠着一丈多高的土岸筑起的。南楼后墙上有已经堵死了的一个门，是和岸上的地面平着的。这地方原来也是一座院落，和咱们现在的院子是上下两院，咱们现在的南楼就是上院的北房——如图一。上院的西房是上下六间，西楼比咱们现在的南楼高一层；南边是个碾棚，和咱们的南楼一样高；东边的地势也到了岸边，没有房子，只有三尺来高一堵篱笆式的围墙。在抗日战争时期，敌人把碾棚下边堆的柴草点着了火，除把碾棚烧了，还烧了西楼的南间，直到现在也没有修复——如图二。”上边这一段只是说明房子的现状的，以下才谈他的改良计划。他说只要把上院的西楼修补一下，南边不用修复碾棚，只需修一堵围墙，留一个通外边的大门，再把现在南楼后墙上的门窗拨开，把东边岸边上的短墙补一补就是个现成院落，并且又附了一个平面图、一个立体图、一个远视图。立体图画得很工整，画的是新式门窗。远视图画的是一张国画——他是和李老师学过几天国画的。下一段便写的是如何使用这座新居，其中有一段是这样写着：“只要一上南楼隔着门窗往院里一看，你就会产生‘别有天地’之感。南边通外边的大门，除了运煤运水之外，经常可以不开，也就是陶渊明所谓‘门虽设而常关’的意思。我们住到西房里，西楼就是我们的书斋。这楼是三面开窗，视界很广，远处的流水高山，近处的绿槐庭院，随时都可以供我们以诗情画意。你试想：到了夏秋之际的月朗风清之夜，我们靠着岸边的短墙设个座儿，浸润在溶溶的月光和隐隐的飞露中，望着淡淡的远山，听着潺潺的流水，该是多么有益于我们的创作心境哩！至于北房——也就是现在的南楼——的用法，我有这样个打算，不知你是否同意。我想你来了之后，老岳母一个人待在你们村子里也没有什么意思，不如干脆接到咱们家里来住，咱们照顾起来也方便一点。”

王兰在看他这封信的第一部分时候，虽然对他的创作成绩有所怀疑，可是看这第二部分看到这里的时候，和自己以前亲自看见的他那个环境一对照，可又不得不佩服他的设计才能。她觉着就那个现有的状况说来，这真是个花费不多、收效不小的改造方案。她一边想着一边又去看那说明现状的第一图和第二图，联系着回忆到她到贾鸿年家去的那一次所了解的情况，又发现了个可疑之处。她记得贾鸿年说过他家只有现在住的那些房子，为什么又多出一个“上院”来呢？

不过贾鸿年早就知道她会想到这一点，所以在信中接着便叙述上院的来历。信中是这样写的：“这个方案实现起来，预料是会很顺利的，不过也还存在着个不难解决的小问题：这上下院原来都是咱们家里的祖业，可是在我爷爷手里把上院的西房卖出去了。现在这座房子的主人，就是咱们学校初中二年级名叫贾松年的小同学的父亲。这位老远房叔叔，去年因为出丧长支下了队里二百多块钱，想把这座破房子卖了归还队里，可是一年多了也卖不出去。我想过几天我的稿费寄来了……”

“呸！稿费还没有拿到手就先想到要吞并别人的房子呀！”王兰看到这里看不下去了，便把手里剩下的几张信纸摔在桌子上。她扬着头发了一阵呆，又自言自语说：“我真傻！这封信一开始就把他这该死的思想暴露出来了，我为什么一直看到这里才发现呢？”其实王兰偏是看到这里发现问题也是有原因的——因为给她父亲买棺材也借用了队里一百多块钱还没有着落。隔了一阵，王兰又把扔下的信拿起来说：“我看你下边还要放些什么屁？”

贾鸿年这小子真算摸着了王兰的脾气。这信下边除接着写出他对稿费数字和买房、修补工料等数字的估计外，又单独写了一段他所以要那样做的正当理由。理由是这样：“你会不会以为我是自私自利、谋产霸业呢？兰兰！考虑问题要全面：我这位远房叔叔这座破房子愁的是卖不出去，咱们不还价买了他的，他不但不会怀恨而且还要感激哩！至于咱们扩充房子为的是改良创作环境。创作不是自私自利，而是为人民而创作——也就是为了‘以共产主义精神教育人民’……”

“呸！呸！你再有天大的理由我也不愿再往下看了！”王兰说着干脆把剩下来的信纸揉成一团扔到桌底去。“一刀斩断！”王兰拿过自己的纸来给贾鸿年写回信：

贾鸿年！你这可耻的鬼魂！不许侮辱“共产主义”！凭你那肮脏“精神”，怎么竟敢说你还要“教育人民”？作家是“灵魂工程师”。凭你那臭鬼魂就写出高于“现在流行”的东西来了吗？真要有个瞎眼编辑让你那臭东西“流行”起来，还不知要毒害多少纯洁的灵魂哩！

你为了结婚想把人家贾松年家的房子谋到手来建造你的“空中楼阁”，还要让人家感激你呀？人家贾松年长到结婚时候没有房子只会骂死你！你要真成了作家，得到了更多的稿费，还不想把你所欣赏的那些“绿槐庭院”都买了来改建洋楼才算怪……

王兰一鼓气写到这里忽然把笔停住了。因为她想起今年上半年快要离开学校时候——也就是贾鸿年说的那五月二日下午四点钟——责骂贾鸿年那次，用过这种口气，结果是贾鸿年哭哭啼啼表示了一次“大彻大悟”作为了事。她想这次给他寄去这封信，要是招惹得他亲自来到家里再表示一回“大彻大悟”又该怎么办呢？“算了！这种戏我看够了！真要断只有一个简单办法：不理！再来一千封信也不理！亲自来了躲开，仍不要理！ 对！就这么办！”她独自一个说罢，就把她刚才未写完的那张纸揉了一下也扔到桌底去。

特种家风

贾鸿年一样和王兰上学，又都是高才生，为什么在品质方面和王兰那样不同呢？这和他的家庭习惯有很大关系。前边提过：贾鸿年的父亲和他舅舅是两个投机商人，直到如今还好偷偷摸摸搞点小投机买卖，因此他们的处世做人、言谈举动都有一套特殊的习惯。比方说：一般劳动人民，偶尔占了别人一点什么便宜，总觉得是对不起人的事，而他们则恰好与这相反。他们占了别人的便宜，不论是偷来的、摸来的，只要没有被人夺回就算“胜利”；谈到自己的历史，不论是拐了人、骗了人，只要得过实际利益全当“光荣”；三天不哄人，就觉着什么任务没有完成；一次不得手，也好像有了亏耗还须补偿。村里人常说他们是“未出窝的麻雀嘴朝外，挨着了就吃”。贾鸿年就是在这种家庭里长大的，所以秉承了这种家风。

难道贾鸿年受了多年学校教育，思想上就没有点变化吗？有是有来，只是还远远没有达到脱胎换骨的程度。一个人的思想改造，有个决定性的界限，那就是有没有决心做个合乎社会主义公民标准的新人。谁要是没有过了这一关，他的基本行为就仍是旧思想指导着，学得的一些新词汇、新道理，恰好能给自己的旧思想、坏打算做个伪装、打个掩护，让别人一时摸不透他的底。贾鸿年正是这一种人。

贾鸿年和他爹贾连升也有矛盾，不过那种矛盾是假的。他爹贾连升和他舅舅石三友一样，都是不涂不抹赤裸裸的投机分子，而贾鸿年要达到什么个人打算，可要把拿得到人前的表面过场做个够。从表面上看来，他们父子们好像不能共事，其实是一窝狐狸不嫌骚，只要利害一致了，互相体谅着一点，还是可以合作的。当贾鸿年把给王兰写的“万言书”寄出去个把月之后，他们父子们发生了一次小小的纠纷，正好说明这种假矛盾的性质。

大队里清理仓库，有一批历年积累下来的奖品——原来是政府奖给大队集体的，却又是些私人用品，像暖水瓶、自行车等——要按人按户分配，东西少，分不过来；要继续积存下去，有些东西就要生锈或者霉烂，最后想了个办法是把东西卖给社员，把卖来的钱并入公积金。在卖的时候还有个困难：冷货会没人要，热货会有人争。大队为这规定了个办法是：凡有两个以上的买主争一件东西，要比一比需要，卖给最需要的。贾连升和石三友这两个无孔不入的宝贝，碰上这种机会自然不肯放过，就各自拿了手里的现款到场去抢便宜。有一条毛毯，好几个人都想要，大队要他们比一比谁最急需，贾连升便说贾鸿年要结婚，于是就把这条毛毯买到手。说贾鸿年结婚也不是他编造的瞎话，是贾鸿年向他说的，不过贾鸿年向他说的时候，要求他不要向外人说，而他却偏找了这么个热闹地方说出来了。

贾鸿年这一天往哪里去了呢？贾鸿年自从把小说稿子和万言书寄出去之后，日日夜夜盼望着两头的来信，每星期总要借故请假往公社跑一两次。这一天，他又往公社的邮寄代办所去打听来信，结果是王兰仍没有一字回音，稿子被出版社退回来了。他取了退稿，回到半路上打开封皮看了一下里边附的退稿信，信上仍说他对战争时期的生活不熟悉，写得不像，并且劝他不要写自己不熟悉的历史题材，而要努力参加建设社会主义社会的工作，以便从中吸取养料、丰富自己。他看了这信非常厌烦，以为这位阅稿的编辑简直是和李老师一鼻孔出气。为了不让本村参加生产的中学生碰上了找麻烦，他掏出手绢来又在那纸封皮外加了一层布封皮，压在车架上。不巧的是他回去得晚了点，到了村边要上一道小坡的地方，刚跳下车来推着走了几步，旁边一股小道上走来一些晚上收工回家的人，其中偏又有个爱和他开玩笑的中学生。这个学生指着他车架上那个小包说：“鸿年！我可能猜着你这是一包什么东西！一定是结婚用品！”“不要瞎说！谁说我要结婚？”“老封建！这还瞒什么？你爹在大队说的还会有错？”贾鸿年有点着急，但是也不想再做什么解释，只好回家和他爹生气去。

前边提过：贾鸿年家和他舅舅家，都是以占了便宜为光荣的。这天晚上，贾鸿年一回到家，就碰上他爹和他舅舅在灯下欣赏那条刚买来的便宜毛毯。贾鸿年和他们连招呼也不打，黑丧着脸进了套间里。一会，他娘出来埋怨他爹说：“你在大队说鸿年什么话来，惹得他回来连饭也不想吃了！”“我没有说什么呀！”“你提他要结婚的事来？”“那个呀？那也是什么见不得人的事？不提结婚，人家怎么会把这么好的毛毯三十块钱卖给咱们呢？”贾鸿年在套间里接话说：“我不要那个行不行？”他爹说：“这倒不是亏人物！你真不要的话，我拿到别的地方，不会卖也卖它五十块！”他爹不明白他为什么不愿把结婚的消息传扬出去，他也不便向他爹说明王兰那一头还没有来信，所以想吵也吵不起来，只好各自纳闷。他舅舅趁势劝了几句，见都不说话了，还以为是自己的话发生了效果，便把话头仍转到倒腾小买卖上，提出个贩卖烟叶的诡计来。

有个情况需要在这里交代一下：种植烟叶的地区，生产队除了按合同完成了交售给国家的任务之外，往往还留一点自用的，平均卖给吸烟的队员。这些吸烟的队员们，有的吸得多，有的吸得少。吸得少的，或者根本不吸的有了剩余，往往把剩余下来的送人或者出让给别人。贾连升和石三友，正是利用这种空子来搞鬼。

石三友的具体计划究竟怎么样，等说到他露了馅的时候，大家自然会知道，此处不细交代。他放低了声音对着贾连升的耳朵说出他的办法之后，又放大了一点嗓门说：“你看怎么样？翻得好了三五次就能翻他几百块！你要有意的话，拿出个百把块钱来咱们再去倒腾他一下子！”贾连升指着毛毯和其他新买来的东西说：“都买了这些了，哪里还有现钱？”石三友见说没有现钱，也就无心再谈下去，又随便应酬了几句就走了。

贾鸿年躺在套间里把他舅舅说那“能翻几百块”的话听在心上，刚回来时候那一点怨气也被这话打消了。他有他的计划。他从从容容走到外间来向他爹说：“爹！只要你能答应我一件事，我明天可以给你借到一百块钱！”贾连升一怔。他想：“咦！这孩子怎么忽然开了窍了？”为了鼓励孩子参与自己的鬼事，他便慷慨地说：“你说吧！只要是能答应的爹都答应你！”贾鸿年说：“你要是赚了钱，请你把上院那座西房买过来，修理修理让我以后住！”“你也会想到这个？咱父子们想到一股路上去了！我前几天还想：要是把那座西房买下了修理修理，再把咱南楼后墙上的门窗拨开，再把南边修上一堵围墙，就是现现成成一个小院！”贾鸿年听到这里，自然是眉开眼笑；为了证明自己的谋略不比他爹差，便跑回自己住的房间里，把当日附在万言书中那张立体图底稿取得来给他爹看。他爹看了笑着递给他娘说：“你看这！谁敢说咱这孩子傻？”回头又向贾鸿年说:“可是你到哪里借这一百块钱去哩？”贾鸿年说：“去找我们李老师借！”“人家肯借给吗？”“话说对了是能借得来的！”

这样一来，父子们的矛盾就完全烟消云散了。他们没有真矛盾：不要看贾鸿年瞧不起一条便宜的毛毡，像一座房子那样大的便宜他便不肯放过去。他说找李老师借钱要把“话说对了”，并非要说真话。按他们的家庭习惯，说真话不能算是说“对”了，而是要骗得对方相信才能算“对”了的。在这些地方，他们父子们可以“心照不宣”，彼此无须再作解释。

贾鸿年他娘说：“我鸿儿办得了事！我说等他借回钱来，就让他和他舅舅去干好了！”贾鸿年着急地说：“不不不！除了借钱，别的我不参加！”他爹说：“你说得对！除了借钱，别的什么事也不让你管！”回头埋怨老婆说：“你尽说废话！孩子以后是要在‘有头有面’的人们中间‘混’事的，怎么能和我们这些快要死的老骨头去倒腾那个呢？”

父子们由谅解而合作了。贾连升最后的话，完全说到贾鸿年心上。贾连升所说的“有头有面”的人们，是指我们县里的一些领导干部，不过他不会懂得今天的干部是在实际工作中久经锻炼、久经考验的，而以为还和旧时的做官人一样，是在官场中“混”来的。贾鸿年也不比他爹高明多少：老革命干部的传记、回忆录他是看过好多的，不过从来也不打算和自己的思想、行动联系一下；至于他自己，则按家教办事——多方找门路“混”。回乡参加农业生产根本不是他的打算，不过是在热潮中不得不应付一下，只要有一点机会，就要出去“混”去。他所以不愿参加卖烟叶的勾当，并非以为那是坏事，而是怕妨碍以后“混”的前途。难道哄骗着老师借投机资本还不算是参加了吗？

贾连升见资本有了着落，马上便去找石三友计划进行程序。一会，贾连升回来和贾鸿年说：“你早点睡觉，明天一早起来吃顿饭就进城去！”贾鸿年说：“还没有向队里请假哩！”“已经安排了！明天绝早让你妗母到队里替你请假去，就说你舅舅病了，要你到公社替他请大夫！”“请大夫不是要跟大夫同来吗？”“傻鬼！跟大夫相跟出来，不会说你还要找个人，让他先走一步吗？”在他们家里，这样公然教孩子说瞎话是很平常的。

特殊功课（一）

第二天早晨，贾石两家按原计划进行：石三友老婆给贾鸿年请假没有发生问题——石家没有孩子，有事就是靠外甥们帮忙的。贾鸿年去请大夫也没有发生问题——和大夫骑着车子走了一段路，就推说要回去找个人，丢开大夫回头往城里来了。他找李老师借钱也很顺利——他知道李老师对集体事业乐于协助，就编造着说生产队在牲口集市买了一头骡子，还差一百块钱，要李老师暂借一下，三两天就送来。在他说来，就算把话说“对”了，所以骗得了李老师的信任，把钱借给了他。

不过他在这一次进城中间，也还发生了点小小意外。他临起身时候，他爹托过他代买两条麻袋，要是借到钱随手就买的话，也就买上了，不巧的是他照顾了一下别的事情，把这事耽搁下来。

事情是这样：他对王兰是不能放手的。他借到钱之后，正是上午十一点半钟。这时候，他有心去找王兰，一来时间来不及了，二来又怕有什么意见当面弄僵了，所以便改变了个主意，利用这个时间去找王兰的女朋友探探口气。

王兰这个女朋友叫周天霞，家和王兰是邻村，又同在一座中学上学，王兰比她早一年级。现在她是高中二年级生。贾鸿年和王兰的关系早已不避忌她，有时候闹了纠纷她也往往替他们调解。贾鸿年以为这是个很好利用的对象，便趁她在中午吃饭之后去找她。

出乎贾鸿年意料：周天霞和他略寒暄了几句便主动地问他说：“你和兰姐闹了什么意见吗？”贾鸿年见对方主动提出来了，便故装不知地说：“没有！你听谁说的？”“听她村里人说，她给大队赶了大车，并且在群众大会上宣布说她‘今生今世也不离开本村’，要和本村人共同进行生产建设，直到进入共产主义！”贾鸿年听了这话好像挨了一棒子，再往下问，周天霞说她不了解别的情况；求周天霞替他去问询，周天霞说一来刚回过家不便请假，二来去了也碰不上她在家。问来问去得不着要领，上课铃响了，只得辞出。

王兰的情况周天霞几乎全部知道，可是周天霞这次偏也说了瞎话。这不能埋怨周天霞，瞎话仍不能不说，也可以说是贾鸿年要她说的。

两星期以前，周天霞请假回过一次家，返校的时候去找过一次王兰。那天她到王兰家是上午十点多钟。王兰不在家，她问了王兰妈妈，知道王兰赶着车往地里送粪，便歇下来等。她到王兰家是很熟惯的。她问王兰妈妈说："兰姐怎么学了赶车？"王兰妈妈说："她自己在大会上报了名，支书、队长批准了，就干起来了。"这老人家对王兰赶车看来十分满意。她向周天霞好像有点夸女儿的样子继续说："小兰可真有两下子，把几头骡子使得像玩猫一样随便！快回来了，你可以出去看她赶得怎么样！"周天霞也很有兴致，听老人家说了一声便跑出大门去，不过没有赶上看，王兰已把骡子卸了送回圈去，拿着一条空鞭子回来了——原因是牲畜收工要比人早个把钟头，以便让它吃饱。

周天霞紧跑了几步，在大门外的一棵大槐树下迎着了王兰，用双手握住王兰的左手——因为右手拿着鞭子。王兰急忙缩手也没有赶上，便说："手上有粪，等洗了再握！"周天霞笑着说："那就失去了握手的作用了！咱们回去一齐洗！"周天霞见王兰把辫子盘在头顶上，束着腰，挽着袖，拿着鞭子，便上下端详了一会说："这装束有点像古装戏上的女兵！"两个人又相对一笑，王兰便放下鞭子，解下腰带来拂打了身上的尘土，又把辫子解开往背后一扔说："这个女兵又结束了一次战斗！咱们到屋里坐去吧！"周天霞想到回去对着王兰妈妈，可能有些话谈起来不方便，就要求王兰说："咱们就在这外边玩一会再进去好不好？""可以！""你家这院子的地势真好，在这山腰里，站得高看得远！""天霞！你说得完全正确！要不我就宣布一辈子不离开这里哩？"

周天霞见话正好转入正题，便问她说："我们村里人也听说你在大会上宣布过一辈子不离本村的话。我不明白你为什么这样决定！""你不是也说这里好吗？""兰姐！说正经的！贾鸿年又和你闹过吗？""天霞！咱们不要说别人的事吧！我也是和你说正经话的！你看，对过阴坡上那小松树林，完全是才长到十年的小树；半山腰里那两攒红叶子是两棵老柿树；从那以下越来越多的红叶，都是小柿树，和松树的年纪一般大，才结了柿；下边沟里那条小流水……”“兰姐，兰姐！我不是来看风景的！你怎么把你自己的事说成别人的事呢？”“我也不是给你讲风景，这才是我自己的事哩！”“兰姐！咱们不要越说越远！你只当给我解个谜：你和鸿年的关系到底发生了什么变化？”“你要是半个月以前来的话，你就是不想和我谈那个，我也要强和你谈；如今我已经把它放下了，再翻出来谈还有什么意思呢？”

王兰妈妈这时候从院里出来了。她一看到两个人都在槐树底，便叫王兰说：“小兰！怎么不和天霞回屋里来坐！回来吧！快吃饭了！”王兰说：“好！就来！”回来向周天霞说：“咱们到里边去吧！”说着拾起鞭子来和周天霞回到房子里。

离吃中午饭还有一阵子，周天霞又要求王兰谈她与贾鸿年的关系，王兰说：“一定要谈就不能轻描淡写！”说着到自己的柜子里拿出两个纸夹子来放在桌上。王兰先把一个夹子揭开向周天霞说：“这是他给我的所有的信件。这些信，除了一部分我当时不愿让你知道的和我休学以后的，其余大部分给你看过。这是所有他给我的纪念品——还有些这里夹不下的，只编了个号，写明另存。这人可以说是纪念专家，一张邮票、一片树叶都签了名作为纪念送我。这一叠稿是从我自己的日记中抄出来的，都是他当时说过的话：所有这些，大小一共二百五十五件，是按日期先后编出号来的，每件上差不多都有我标过的线和简短的批语，每个段落又都附有我的概括说明。你要想了解他是个什么人、我该不该抛开他，看了这些自然会明白！”周天霞说：“我的兰姐！你是不是想留我住几天呢？”王兰说：“我是和你说着玩的！怎么会那样折磨你呢？我可以给你做个总的说明，弄不清的再让你看原件。”说着便从夹子里拿出个目录单来继续说：“这一切，几乎无例外地都是要小手段，目的只有一个，那就是让我跟着他走，为他服务。例如前年他在要求入团之前，不论是说话、不论是写信，到处引用毛主席的话、引用李老师的话……”说着随手翻出有关原件，一一指着上边标出的红线给周天霞看了说：“……等团里回答他没有批准之后，以后的写信、谈话，这些词句就很少出现了。又如去年暑假之前，不论来信、谈话、送东西，都提到他的家乡风景如何开朗、物产如何丰盛……”随手又翻出有关原件指给周天霞看了说：“……然后向我提出请到他家玩一次。以后差不多一年没有提到他的家乡可爱，可是今年暑假的信件中，写他家乡的可爱又超过去年，写过几次家乡可爱之后，便要我考虑结婚问题，以后一步逼紧一步，终于骗得我回过他一封信说‘秋后再说’。半个月之前，接到这封万言长信，也就是最后的一封信。别的信内容可以不谈，这封信却非谈不可！”接着就把那封“万言书”中所透露的思想和适得其反的效果说了一遍，又把那些附图翻出来指着说：“尽管他在出头露面的热闹场面上、在作文和写信的字面上把‘以忘我的精神参加社会主义建设事业’的话说得烂熟，最终的目的不过是想做这么个笼子把我装起来叫他玩。过去我所以把这些废纸片当作宝贝似的保存着，有时候还当作宝贝给你欣赏，就是因为对这个人没有做过系统分析，所以才上了当；好在上当没有上到底，在法律上没有履行过订婚手续，还算没有和他拴在一起！”这一部分材料已经说服了周天霞。周天霞说：“兰姐！我真佩服你！没有想到你能像做功课一样下功夫来整理这个！”王兰叹了口气说：“你以为我有兴趣做这门功课吗？这都正是我为了私人感情放弃政治原则造成的苦果。天霞！看人要全面看，千万不要轻信他说的漂亮话，也不要把他表演给人看的局部行为作为全面行为！希望所有诚实的同学们谁也不再来做这一门倒霉的功课！”王兰说到这里有点伤心，不过还勉强忍住了眼泪。

这时候，就听得王兰的妈妈在厨房里喊叫说：“小兰！端饭来！”她们两个便共同洗了洗手吃饭去了。

特殊功课（二）

周天霞从来没有想到贾鸿年这样个青年小伙子，思想会这样复杂。她吃着饭，认真考虑着这件事。她认为从那一包材料上看，这人实在可恨，可是联想到具体的人，又不知道为什么觉着不至于那样坏。吃完饭，她又向王兰提出个疑问：“难道他已经坏到不可救药的地步了吗？人不是可以改造的吗？”王兰指着另一个夹子说：“这一包材料正是说明这个问题的！”周天霞拦住她说：“兰姐！你可不要再让我看那么多了，要不我就走不了啦！”“我也只给你说个大概！”她摊开夹子，里边只有大小五本日记和她决定与贾鸿年断绝关系时候给团里写的报告。她果然没有先翻材料，只把左手按在一叠子日记簿上先向周天霞说：“我自从结识了这个人之后，有时候和人家高谈阔论，有时候和人家书信往来；有时候和和气气，有时候别别扭扭，终朝每日总以为是正在影响着人家，改造着人家，可是实际结果怎么样呢？”王兰叹了口气，翻开一本日记指着上边标的红线说：“这红线是标明与我原来的理想、原来的前途打算有关系的部分……”又翻了几页，指着上边标的一条黑线说：“这黑线是标明我和他认识之后，我的思想、打算改变了的部分……”又把这本日记拿起来对着周天霞忒愣了一遍说：“你看前边净红线，自从有了黑线之后，红的逐渐少、黑的逐渐多起来！”她放下这一本又拿起第二本来忒愣，一本本都忒愣完了，便接着向周天霞说：“最后连一条红线也没有了！你看这是谁改造了谁？正因为从检查我自己的日记引起了警惕，我才向团支部写检查思想的报告，提出我不离山村的要求。”她又翻开报告稿纸说：“在报告中我对我自己思想变化作了这样的总结：‘按着我原来的前途打算，我是一个顶天立地的社会主义建设者，会和大家一起把我们的山区改变得更加美好；自和贾鸿年认识之后，我逐渐变成了个个人主义的依附者，要不立刻割断关系，不久就更会变成他一个私人秘书……’”她把夹子合上，然后接着说：“不只前途打算变了，趣味也变了：在一个课堂上上课却还要天天写信，这算是什么样人的趣味呢？东一个纪念品，西一个纪念品，一个刚刚活了二十岁的人，又不是明天就死了，要那么多的纪念品干什么？我和我们小学的同学由老师领着在荒山上播种的松树已经成了林，我记得的黄沙河滩闸成的滩地，种出来的烟叶已经够拉几大车，放着这些都不曾当作纪念，偏会把他从校园里捡来的几片干树叶当成宝贝保存起来，这又是哪里来的趣味呢？这都又算是谁改造了谁呢？这等人，让他慢慢在我们的新社会大熔炉里改造吧！我已经领教不少了，万万不能先和他拴在一起了！”

周天霞听了王兰这篇“论改造”的讲话，又扬起头考虑了很久说：“兰姐！我已经佩服了你对自己生活态度的认真，只是还有一事不明：你当初和这个人是怎么接近起来的呢？据你从前说，你和他是从爱好文学上接近起来的。是不是一个人爱好了文学就会变成个人主义者？我和你也都爱好文学，以后还敢不敢爱好下去呢？”王兰说：“不！今年五月初，他在一次谈写作时候，暴露过一次个人名利思想，我批评了他。后来他和我在李老师那里遇上了，他故意问李老师说：‘是不是爱好写作的人都是为名为利呢？’李老师说：‘各行各业都一样，抱着个人目的做什么事也是为名为利，抱着人人为我、我为人人的共产主义目的做什么事也是为共产主义。'我觉得李老师的话是对的，可惜我当时护着他，没有把他的可耻的思想揭露给李老师听，骗得李老师仍然以为他是优秀生。我们为什么不敢爱好文学呢？当了社会主义建设者，以后不是正有了写的了吗？”

“至于他的坏思想究竟是从哪里来的，我这里还没有材料。这个人就是有点做假的本领：通过了无数次的写信、谈话，他把我的家庭生活情况什么都摸透了，可是一字也没有透露过他的家庭生活情况。我当时也真傻，从来没有想考查一下他的家庭——每逢谈到那方面，他总有办法把话引到别的大事上去。在他申请入团那一次，表上填的是个‘中农’成分，可是我到他家里去的那一次，看不到他家里有什么农民气象。我还以为是富庶地区的农民生活和山区不同哩，现在才怀疑到他家可能根本不是农民传统，不过既然和他断了关系，也就无心再追究它了。”

周天霞说：“我的天呀！认识一个人这样不容易吗？”王兰说：“一开头知道不容易就上不了当，开头看得容易了就要做我现在做的这门倒霉功课！我劝你千万不要在学生时期解决婚姻问题。一个人的进步是真是假，参加了社会生活才容易看得更准确。”

话谈到这里，周天霞要走了。王兰说：“我也该上工了！”说罢依旧盘起辫子、束起腰、拿上鞭子，和周天霞同时走出门来。在握手作别时候，周天霞又问王兰说：“万一以后碰上贾鸿年，问起你的消息来，我该怎么回答呢？”王兰想了想说：“他非常可能专为这事去找你！他要问起我来的话，你就说你最近没有见到我，只听说我宣布过一辈子不离本村的决心，让他死了这条心算拉倒。”“那不是让我当面说谎吗？”“好妹妹！对他这种人以后再也不可以推心置腹了！你和他讲了真话，他是会利用你的话打什么坏主意的！‘以小人之心度君子之腹’是不对的，不过我们过去犯的错误恰好和这相反——我们对他是‘以君子之心度小人之腹’了！他让我们非向他说瞎话不可，我们也只好说！”“难道这个人以后肯定不会再变好了吗？”“那是以后的事！让新社会的大熔炉去完成这个任务吧！我们村里的学生组织已经把他的材料转到他村子里去了！变好了社会上多一个好公民，自然也是好事，只是现在千万不要和他再谈我的情况，否则我那两个夹子里就又会增加材料了！”

果不出王兰所料，过了两星期，贾鸿年去找李老师借钱的时候，就去找周天霞打听王兰的消息，所以周天霞便照王兰的主意把他推走。

贾鸿年从学校推了车子走出来，几乎连买房子的心事也没有了。他勉强跨上车，失魂落魄地蹬着，有好几次差一点撞了人。他一阵恨着王兰想：“小王兰！你不要调皮！我总有本领把你弄到手！”一阵又放开王兰想：“去你的吧！算老子白下了一番功夫！”最后仍然想到买房子上。他想：“只要把环境建设好了，你王兰来了算你有福；你王兰不来，好姑娘有的是！”想到得意处，车子便又快起来。他快到公社所在的村子里，碰上了一辆拉花椒的大车，从装花椒的麻袋上才想到忘了买麻袋，便到公社供销社去买。

他走进公社供销社，正好没有一个熟人碰上，便抓紧时间向售货员要麻袋。售货员把两条麻袋递给他，他连好歹也没有看，便掏出钱来付款，忽听背后有个人说：“鸿年真发财呀！”他回头一看，见是村里一个青年，便后悔不该把借来的一百块钱都拿出来。那个人接着随便问他说：“买麻袋装什么？”他很快就编好了瞎话，也装作很随便地答应说：“一位老师托我给人家买些干白菜！”

两头泄气

石三友自从这天早晨装起病来，就一阵一阵瞎哼哼。一会，大夫来了。大夫问他哪里不好受，他说肚子疼。大夫给他测了测体温，体温不高；按了按肚子，按一下他叫一声。大夫判不明病情，只得给他注射了些镇痛剂，留了点镇静药片走了。大夫走后他的哼哼仍没有停——上午哼得轻，下午哼得重，晚上一直叫要命。

晚上十点钟左右，生产队刚刚记完了工还没有散，石三友老婆便去找队长。她说石三友病得厉害，明天要送到县里医院去治，要队里借给一头牲口，并且再替贾鸿年请一天假让贾鸿年去送。

队长还没有答话，记工的人群里就纷纷议论起来，都说在杀地和铡草两项工作挤在一块正忙的时候，不可以再把青年劳力放走。有人向队长建议说：“他爹贾连升也不会杀地、也不会铡草，还不能让他去送一送他的大舅子？”队长考虑了一阵子说：“还是让贾鸿年去好！”有个老汉说：“对！不要让他爹去！把那两个‘宝贝’弄到一块，又不知道会出什么鬼事！”另一个人说：“也不怕！队里再没有死驴叫他们卖了！”队长转向石三友老婆说：“你回去让贾鸿年来一下！”

一会，贾鸿年来了，队长说：“队里正杀地，牲口忙得撤不出来。三队的大车明天到窑上拉煤，去的时候给咱们队里捎二三百斤烟叶，就让你舅舅也坐那个车去好了。你要去，我就不派会计去了。咱们交了这批烟叶，全年任务就完成了，你可以替咱们队里和收购站结一下账，把站上该找咱们的二百来块钱连清单一起拿回来！”

第二天队长领着人在谷场上铡草，其他各队也都有在场上铡草的。

北方农村秋后的铡草工作，是一项紧张活泼的有趣工作。这种工作，不能单干，就是在农业合作化以前，也是由几户自由组成变工队干的。这是一种重劳动。参加这种劳动的每天要吃够五顿饭，上午下午各有一顿饭是在场上吃，名叫“贴晌”，吃的是些黄蒸、煎饼之类的干食品。吃贴晌的时候是大休息。在这时候，不论青年老年都爱谈谈笑笑，喧闹之声此起彼落。

这一天，各队场上的谈笑话题无形中都集中在石三友身上——可能是他头一天哼哼了一天的结果。青年们好多人不知道石三友的来历，见老年人笑起来觉着莫名其妙，有些老年人便讲解给他们听。石三友的外号叫“十三幺”。有人给青年解释这个外号说：“‘十三幺’是打麻雀牌时候一种最大的成牌法，要是没有满贯的限制，‘十三幺’要算十三翻，见一块钱要翻到八千一百九十二块，在从前行赌博的时候，小户人家连那么一牌也输不起。人们所以给石三友送这个外号，就是说他的翻腾劲过大。”有人接着补充说：“人家在当年做生意的时候，使用的东西和买卖的货物常不分家，只要价钱合适，把腿上穿的裤子脱下来卖了也行！”又有人揭他倒霉的底子说：“要是不会翻的话还来不到咱们村子里哩！他有一次翻塌了锅，赔了个扫地出门，才托他妹夫贾连升给他在咱们村子里弄了几间房子搬过来。”还有个人接着打趣说：“要不咱们村子里就会缺这么一块料！”

石三友他们自己的队里，开始议论的仍是贾鸿年请假问题，后来就转到石三友病情的真假，最后扯出个严重问题来。有个青年说：“贾鸿年尽躲重活，这次铡草又被他躲过了！依我说，另换一个人去照顾石三友，也应该把他留下来铡草！”队长说：“这个我也想来，不合适：留下个贾鸿年，叫他输（念‘如’的音）吧他不会，叫他铡吧铡不动，虽说是个青年，抵不住个正经劳力用，要换可就得换出个干得了活的，比起来还不如让他去了省事！”那个青年说：“不会干就学嘛！我们村里二十多个中学毕业生都学得会，他为什么就学不会？照他那样，不是越不想劳动越能躲得清静吗？”有个年纪大一点的人说：“我看石三友那病，照顾不照顾都死不了！”又有人说：“依我说他那病根本就是装的！可能是他前天在大队里买了些什么冷货，想拿到城里去倒腾倒腾！”还有个人接着说：“他们两家向来是‘贾不离石、石不离贾’，说不定贾鸿年也是跟他去倒腾买卖去了！”队长说：“我看还不至于是那样！贾鸿年在劳动上虽说轻浮一点，可是也不同意他爹搞投机买卖！”一个从来不多说话的人忽然开口说：“不至于？也说不定！贾鸿年他娘昨天晚上买了我三斤自用烟叶，说是给他一个亲戚买的，也许是想捎到城里卖一卖赶个零花钱！”有人问：“三斤烟叶能卖几个钱？”另一个人说：“你怎么知道没有买别人的呢？”那个青年向各队的场上一看，见有好几个队的人也都正吃贴晌，便向队长说：“让我去打听一下！”说着就跑到别的场里去了。吃过了贴晌，大休息过后又要做活了，那个青年跑回来报告队长说：“就是有鬼！又调查着五户，一共卖给他家二十二斤烟叶，是他们老两口子分头去买的，都说是给他一个亲戚买‘几斤’——这家‘几斤’，那家‘几斤’，就查出那么多来！很可能还有买别人的！”队长拍着膝盖说：“鬼、鬼、鬼！没有想到！你给我开个单子，马上报告大队一下！”大家又纷纷议论起来：“这才像他们两家做的事！”“我说凤凰不落无宝之地嘛！”……那个青年从日记簿上撕下一块纸来给队长开了个单子，队长拿去报告大队，其余的人都铡起草来。

大队听到了这个生产队的报告，中午召集各个生产队长碰了一下头，让大家马上继续调查一下还有没有更多的情况。一会，各队断断续续又报了几户，接着就有第三队队长领着一个饲养员来报告另一个情况。饲养员说：“大车起身的时候，贾鸿年拿出两麻袋东西来，说是给他一个老师捎的干白菜，我看不像：一来白菜是一百斤湿的才落五斤干的，两麻袋不过装二十来斤，不应该是那样沉甸甸地；二来鲜白菜在城里满街都摆的是，谁偏要吃干菜；三来他家没有种自留白菜，又没有见他买别人的！”大队长听了这个情况，和前边买烟叶的情况对在一块，很明显地能看出他们是倒卖烟叶了。大队长和支书一商量，先打电话给公社把这情况报告一下，然后继续调查，决定到晚上再找贾连升到大队来交代。

晚上，大队召集了个群众大会，把十几户卖给贾家烟叶的人叫到前排来，然后让贾连升坦白交代。贾连升见事情已经揭开底了，想不承认也不行，只得说“我错了，我错了”。卖过烟叶的这些户质问他说：“贾连升！你究竟有几个亲戚要烟叶，把我们蒙到鼓里边！”大队长问他说：“把烟叶倒到哪里去了？”贾连升说：“烟叶确实是给一个亲戚代买的，人家拿走了！”“胡扯！”“哪个亲戚？”“是不是石三友？”……群众正在追问，会场外边有自行车铃响，住在公社的一位县公安局干事来了。公安干事把大队长叫出去说了几句话，然后回到会场上宣布说：“不用再追烟叶的去处了，是石三友拿到城里去了！石三友已经被政府捕起来了！”贾连升一听，吓得他几乎站立不住。他这时最不放心的是他儿子贾鸿年不知道怎么样了。

难言之苦

贾鸿年这时候往哪里去了呢？他倒找到了个清静地方，可惜是凉一点——在离城五里一个西瓜园里的草棚里。他是怎样到这个地方去的呢？这事还得回过头来交代：

贾连升本来是愿意单独干这次买卖的，后来想到怕石三友吃醋才去找石三友合伙。他预料到他们两个有名的“宝贝”一齐出马一定要引起村里人的怀疑，这才和石三友作了一套奇怪的分工——自己出资、收买，让石三友到城里去卖，再派贾鸿年暗中监督。这样一安排，便把贾鸿年安排成旧社会里那种“少东家”的身份。

贾鸿年这次可没有完全忠于他父亲的委托：头一天他来向李老师借钱，不是得到王兰一个出乎他意外的消息吗？他和王兰两个人的关系，都不是愤慨一下就能了事的。王兰决定和他断绝关系的时候，还整理了那样繁乱的两宗文卷给他作了一次清算，他得到王兰那个消息后，如何能只拍一拍胸脯就死了心呢？不过他可不是像王兰那样因为受了一度刺激来彻底检查了一下自己，而只是半夜没有睡觉又打了个坏主意。他所以爱王兰，只爱的是王兰的聪明、美丽，因此他便觉得只要得到个聪明、美丽的姑娘就够了，叫不叫“王兰”都没有关系。他在和王兰交往的时候，就已经觉着王兰的女朋友周天霞也是既聪明又美丽的，这时候他就又想打一打周天霞的主意了。他计划这天和他舅舅石三友进城，趁着是个星期日再去找一找周天霞，求她去说服王兰放弃不离山村的主张；以后每隔几天就去找一次，能说服了王兰自然更合乎他的理想，说不服王兰就在这多次软磨中间和周天霞磨出感情来，让她代替王兰。因为有这么个鬼主意分了他的心，所以没有把那个“少东家”当好。

拉煤的大车把他们送到县里的收购站门口，就把东西卸下来走了。石三友和贾鸿年往院里一看，见交售烟叶的人们长长地排着个队，预料在两三个钟头之内能交了就够好。石三友把贾鸿年拉到个僻静处说：“我先到店里占个房间，然后到市场上打听一下行情。这东西我先扛一袋走，你把队里的货交了、手续办了之后，扛上那一袋到隆昌客栈找我；有人问是什么东西的时候，你仍然说成干白菜！”交代过后就扛起一个麻袋走，临走的时候又说：“到那里不要问我的真名字，就说找‘吴有铭’！我准备在他们的号簿上登记这个假名字。”说罢便先走了。

石三友走后，贾鸿年排进交售烟叶人们的队里。他看着前边的人数和每个人办手续的速度，急得他满头是汗，仿佛觉着交到天黑也轮不到自己似的，其实也没有那么慢，不过一个来钟头就该着了他。收购员们给他过了秤、结了账、开了清单，找给他二百二十四块六毛钱。他因为急于要去找周天霞，勉强等把手续办完，就匆匆忙忙扛起麻袋往隆昌客栈去。其实他只要多待十来分钟，王兰就也到这里交售烟叶。可是他哪里会知道呢?

人越着急，就觉着事情越不顺利。贾鸿年到了隆昌客栈，石三友上市场去还没有回来。他按照石三友的话说找“吴有铭”，服务员告他说：“吴先生出去了，他说有人来送干白菜，叫送到他住的房间里去！”说着拿了钥匙给他开了第二十三号房间的门，让他把东西扛进去。

他把他扛来的一麻袋东西，放在石三友扛来的那一麻袋上边，翻身走出来，服务员正去锁门，石三友回来了。石三友说：“你且等一下！”贾鸿年只好跟他又回到房间里。服务员去后，石三友悄悄和贾鸿年说：“行情不好！和咱们的进价差不多！”“那怎么办？”“你给队里交了货，找了价没有？”“找了！”“找了多少钱？”“二百多块！”“有钱就有办法！再倒一下就成。把钱给我！”“买进来要卖不出去呢？”石三友笑了笑说：“傻瓜！这要随时跟着情况的变化做！这道理你不懂！坐下来，舅舅慢慢给你讲！”贾鸿年要是坐下去慢慢听的话，那就完全合乎“少东家”的本分了，可惜他放不下周天霞，便把二百块两叠整票子掏出来给石三友说：“回头再讲吧！我还得去找个同学！”说着就拔起脚来跑了。

一个毕业生回到母校去找未毕业的同学，一般是不按会客的规则接见，而是直接跑进宿舍去找的。贾鸿年头一天来找周天霞就没有经过这番手续，可是这一天来了反而被传达室挡了驾。传达室的同志很有礼貌地和他打招呼说："来了，鸿年？"贾鸿年也点头答礼。传达室又问："你找哪位呀？"说着把会客登记簿递给他。对方要公事公办，他也无权犯规，只好一边拔出钢笔来准备填写，一边回答说："找高二一班周天霞！""周天霞刚出去！"人既然不在，自然连簿子也不要填了。他又把钢笔套起来说："我等她一下可以吗！""好！请到会客室坐吧！里边有开水，随便喝杯水等等！不过她刚出去，恐怕马上不会回来！"

传达室对一个前期毕业生为什么这样客气呢？这也经过一度简单的安排：周天霞虽说没有料到贾鸿年要在自己身上打什么鬼主意，可是已经在王兰那里接受了一点教育，知道贾鸿年这小子不便招惹，所以在他头天找了一次麻烦之后，便和传达室说明贾鸿年以后可能还要来缠个不休，要求传达室在他再来的时候挡一挡驾，可巧他这一天接着就又来了，所以传达室对他特别注意。

星期天学生们上街，回来得迟早是没有准的。贾鸿年喝了两杯水不见周天霞回来，看了两本画报还不见她回来，又看了一本小人书还不见她回来，看了看墙上的表，已经是下午四点半了。这时候，离学校开饭只剩下半个钟头（星期天是两餐），上街的学生断断续续往回走，他再也坐不住了，便走出会客室到校门外来等，每碰上个熟人就打听是否看见周天霞，但结果都说是没有看见——他们自然不会看到，周天霞根本就没有出去——等呀，等呀，一直等得人都快回完了也没有见周天霞回来。这时候的贾鸿年再也不能等了——因为他中午没有吃饭，实在饿得受不了了。

他离开学校，跑到街上一个小馆子里叫了一份饭。这种"份饭"是一饭、一菜、一汤。他没有等到菜来，就先把饭快吃完；等菜来了才吃了几口菜，就听街上闹闹嚷嚷走过一群人来。有人说是公安局捉了个人，引得一些吃饭的客人都挤到门边来看。贾鸿年也挤过来一看，见有一辆小平车推着三麻袋东西，几个警察把他舅舅石三友夹在中间正往前走。他见到这情况，便再也无心继续吃饭了。

石三友的事是怎么犯了的呢？下午三点，公社给公安局打电话，报告了村里报来的石三友倒贩烟叶的情况，公安局便派人到市场上和各旅店稽查。查旅店的一组人查到了隆昌客栈，查过旅客登记簿，没有个"石三友"；问经理是否有人拿来两麻袋东西，经理问了服务员，服务员说二十三号房间的客人吴有铭，拿来两麻袋干白菜。负责那道街的派出所所长说："对！电话上也说他是冒充卖干白菜的！"他们一同到二十三号房间，石三友还没有回去，服务员开了门让他们进去，指着地上的两麻袋东西说："就是这个！"麻袋封着口，大家闻了闻（嗅了嗅的意思）都觉着有烟叶味，服务员拿了把剪子来拆开个口一看，正是烟叶。倒霉的石三友，又另外买了一条麻袋在市场上收购了一袋烟叶扛回客栈来。他走到二十三号门口，见门开着，还以为是服务员来送暖水瓶；及至走进去，看见有几个警察，才觉得不妙了。

石三友就是这样被捕了的。

贾鸿年见石三友出了事，连要来的菜和汤也吃不下去了。他勉强就着菜把剩不多的米饭吃完，又喝了一两口汤，推说太咸，便算了账匆匆离开饭店。他在未离饭店之前那一霎间，好像是急于要去挽回局面似的，及至走出饭店来之后，才想到自己不但无能为力，而且连个去处也没有了。他无目的地顺着街道走着想了一阵子主意，觉着只求能脱离干系就好。他以为要脱离干系，只有回家去故装不知，预料舅舅这个老江湖，会单独把罪名承担起来，不会把自己暴露在案里。这时候已经是下午六点钟，他来时候没有骑车子，预计摸黑路回到家，至少也得在十点以后，可是就那也得走，否则住到哪里也有受到盘查的风险。

他出得城来大约走了有五里路，忽然想起收购站找给队里的二百块钱已经给了舅舅，回去了无法交代——要说丢了，别人不但不会相信，反而会很自然地和舅舅的事联系起来。他坐在路旁想了一阵，又想出一条找李老师骗钱之计。这时候，天已经黑了，他觉着回城去下店怕受盘查，找附近村庄投宿也难免会有人问长问短；向周围一看，附近有个草棚，是种园地的生产队夏天卖西瓜时候搭的。"讲究不起，就住这瓜棚里吧！"他这样一盘算，便走进瓜棚里。这地方很清静，没有人盘查，要是夏天来住是十分凉爽的，可惜他来得晚了一点，又没有带行李，一夜冻醒了五六次，快到天明，身体实在支持不住了才将就睡着。他正睡得香甜，被一个赶大车的甩了两声响鞭把他惊醒。他醒来看了看太阳，大约已经是早晨八点的时候。

他清醒了一下，把这一次不太顺利的出行回想了一遍，觉着还只能按着到瓜棚来投宿那阵子的计划进行，于是便拂打了一下身上的尘土，掏出手绢来干擦了一下脸，走出这座新式旅馆，顺大路返回城里去，溜着背巷去找李老师。要是不经说破，谁也不会想到坐在李老师和王兰面前这位恭而有礼的“优秀生”，正是头天晚上在瓜棚里投宿的那个倒霉的旅客。

贾鸿年可也真有点无耻之“勇”，就在那种遭遇下，一来还把戏文做得那么足，二来仍不放弃追求王兰。他本想先把王兰哄骗回店里去，然后向李老师骗到钱，再到店里去找王兰，做到了两全其美，及至听到李老师有资助王兰复学的意思，他便着了急。他着急的是怕李老师先答应了资助王兰，再没有钱借给他，所以没有等王兰回答李老师的问话便抢着提出借二百块钱的事来——要不是电话来得早，王兰固然不会再听他的话，说不定李老师还会上他一次当哩！

李老师之悟

这个故事讲到这里，就剩下一个情节没有交代，那就是李老师接到的电话是谁打来的和为什么把这事告给李老师。这个根由还得回头来说：

前边不是提过在头天夜里有县公安局住在公社里的一位干事到贾鸿年他们村子里去了吗？这个人是石三友被捕之后，县公安局打电话命他到村子里调查详细情况的。队里的群众大会散了之后，党、队、群众团体各系统的领导干部又留下来碰了碰头，布置了一下如何调查，就各按系统进行工作。一会，各系统把调查结果报告上来。这些报告中，除了前边提到的石三友装病、贾连升夫妇收买、贾鸿年装运等情况之外，还怀疑到城里有人入股。具体的反映是这样：有人说前天大队里卖积存东西的时候，贾、石两家把所有的钱都买了便宜货，后来因为钱不够了，又都恋恋不舍地把挑选的一部分东西放弃了，可是第二天怎么就会有钱买烟叶？又有人说贾鸿年在公社供销社买麻袋时候，掏出一叠票子来，有一百来块。又有人听说他能在城里一位李老师那里借钱，说他到公社请大夫就走了一整天，可能是到城里向那位老师借钱去来。又有人因此怀疑到这位老师既然能借钱给他让他倒买卖，说不定是入着股和他们合伙干的。

这天早晨八点钟，这位公安干事骑着车子赶到县里来向局长汇报。局长听完了全部情况之后说：“一切情况大体上都和这里已经有的材料符合，就是怀疑这里的李老师入股的事没有可能性，还需要你将来到那里向群众作个解释。”

他先向这位干事解释说："第一中学的老师们只有一位姓李的，名字叫李光华。这是一位老革命同志，在旧社会里因为发表革命的文章坐过牢。抗日战争开始，他在省里一个中学里教书，带着一批进步学生参加了八路军。我就是在那时候认识他的，和他带来的一个学生编在一个班里。那时候部队分配他做宣传工作，老根据地成立中学的时候又调他出来教书，直到省城解放了，他才随着学校搬回到省城里去。

"他是个业余作家，常爱写文章。省文联想请他去编刊物他没有答应。他说他教惯了学生，最好还是专于教学这一种熟悉的业务。

"他的生活永远是那样简朴，仿佛一辈子永远穿的是那一套衣服。他经常有些稿费收入，不过什么时候也不见他有多余的存款，常常资助一些社会事业和穷苦的学生，不过他有点轻于相信人们说进步话，往往也有被人骗了的时候。

"一九五八年各地方的高中班次增多了，要从省里往下调老师，有些老师对省城的生活有些留恋，将近六十岁的李老师便首先要求下放，这才被调到咱们县里来。被调来的其他老师，往往还有点从大地方来的架子，李老师仍然和他从前参军时候的习惯一样，不论学习、不论劳动，事事都走在他们前边，后来被选为党代表出席县里的党代表大会，在会上又当选为县委会的委员。"

局长把李老师的为人、行事介绍到这里，就提出他自己的见解说："像这样一个人，怎么会和别人合伙去投机倒把弄钱去呢？"

那位干事听了，也觉着不应该让群众怀疑这样一位老同志，不过他觉得还有个问题须得弄清楚了才好向群众解释。他问局长说："群众要问起李老师是不是借钱给贾鸿年，要借过的话又借给他做什么用，该怎么回答呢？"局长说："这个自然要弄清楚！我可以打电话问问李老师，你待一会再来一下！"

李老师接到的电话，就是这位公安局局长给打来的。局长除了把贾鸿年和他舅舅倒卖烟叶的事告诉了李老师外，又问明了：贾鸿年假托给队里买骡子借过李老师一百块钱。李老师没有要他买过什么干白菜。

李老师以为是公安局要捉贾鸿年，所以最后在电话中说："他还在我这里，你派个人来吧！"公安局局长回他说："你且让他回村去检讨吧，法院没有决定捕他！"

李老师接罢了电话回来，贾鸿年一见，不是就放声大哭起来了吗？这时候，李老师没有说话；王兰不摸详情，想劝李老师消气也无从劝起；李老太太听到了哭声，急急忙忙从套间里走出来问长问短，也问不出个所以；只有走投无路的贾鸿年还苦苦哀求李老师救他。

这样的局面持续了好大一阵子，后来还是李老师先说了话。李老师向贾鸿年说："我怎么救你呀？我主观上一向以为你在我这里接受的是无产阶级教育，可是实际上你成了个烟叶贩子。作为你个老师，我没有尽到我的责任——没有把你的真实思想研究清楚来作针对性的教育，而却长期被你的假进步、假积极所蒙蔽，结果害了你！"王兰插话说："李老师！我真对不起你！我本来早就发现他那一套假正经是表演给你看的，只是我当时掩护着他，没有向你报告；最近我决心和他断绝关系的时候……"贾鸿年听到这里，吃惊地看了王兰一眼，接着想到即使她以前无此决心，眼前也会临时产生，于是无可奈何地又把头低下去。王兰没有理睬他，接着说："……又想把这历史情况报告你，后来想到他既然已经离开学校，也不必惹你再生气，所以没有那样做。现在看来，假如我在一个月之前把这情况报告给你，你还许能少上一次当哩！""好孩子！你从前对他作了原则上的让步是不对的，以后又能警惕起来证明你还是懂得站稳阶级立场；至于没有向我报告我不能怪你！我对他的行为也不是一无所知：他临毕业的时候，我还建议团组织对他这个'优秀'生作一番突击性的教育，争取能在毕业之前吸收为团员，后来团支部和我谈了一次他的情况，我也觉得不行。从那时候起，我大体上对他有个了解，不过总觉得一个聪明的小伙子，经一经劳动锻炼是可以改造好的，没有想到他很快就发展到投机倒把这条路上来！"

贾鸿年听到这里，又抽抽噎噎地哭了。李老师对他说："哭有什么用？早早地摔一跤对你有好处！你要想重新做人，就得先在群众面前把你自己的底子交代透！千万不要以为在群众中只有你自己聪明！做一件事有一件事的结果。群众是要把你所做的事的一切结果综合到一处来给你作评价的！你哄得了谁？回去向群众交底去！你才二十来岁，跌倒了爬起来重新做人有的是前途；不过要继续做'鬼'的话，那就没有人再挽救得了你了！"

图书在版编目（CIP）数据
赵树理手稿 / 赵树理著 . —北京：中国工人出版社，2019.7
ISBN 978-7-5008-7216-0
Ⅰ . ①赵… Ⅱ . ①赵… Ⅲ . ①赵树理（1906-1970）- 手稿 Ⅳ . ① I247
中国版本图书馆 CIP 数据核字 (2019) 第 120612 号

赵树理手稿

出 版 人　王娇萍
责任编辑　蒋佩轩　习艳群
责任印制　栾征宇
出版发行　中国工人出版社
地　　址　北京市东城区鼓楼外大街 45 号　邮编：100120
网　　址　http://www.wp-china.com
电　　话　（010）62005043（总编室）（010）62005039（印制管理中心）
　　　　　（010）62382916（职工教育分社）
发行热线　（010）62005996　（010）82075964（传真）
经　　销　各地书店
印　　刷　三河市文通印刷包装有限公司
开　　本　787 毫米 ×1092 毫米　1/16
印　　张　16
字　　数　130 千字
版　　次　2019 年 7 月第 1 版　2019 年 7 月第 1 次印刷
定　　价　388.00 元